风流总被
雨打风吹去

常红梅◎著

应急管理出版社
·北京·

图书在版编目（CIP）数据

风流总被雨打风吹去 / 常红梅著. -- 北京：应急管理出版社，2024

ISBN 978-7-5237-0480-6

Ⅰ.①风… Ⅱ.①常… Ⅲ.①随笔—作品集—中国—当代 Ⅳ.①I267.1

中国国家版本馆 CIP 数据核字（2024）第 052436 号

风流总被雨打风吹去

著　　者	常红梅
责任编辑	郑　义
封面设计	宋双成

出版发行	应急管理出版社（北京市朝阳区芍药居 35 号　100029）
电　　话	010-84657898（总编室）　010-84657880（读者服务部）
网　　址	www.cciph.com.cn
印　　刷	北京飞达印刷有限责任公司
经　　销	全国新华书店
开　　本	710mm×1000mm $^1/_{16}$　印张　12　字数　163 千字
版　　次	2024 年 5 月第 1 版　2024 年 5 月第 1 次印刷
社内编号	20230615　　　　　　　定价　39.80 元

版权所有　违者必究

本书如有缺页、倒页、脱页等质量问题，本社负责调换，电话：010-84657880

爱上阅读，学会写作

○凌翔

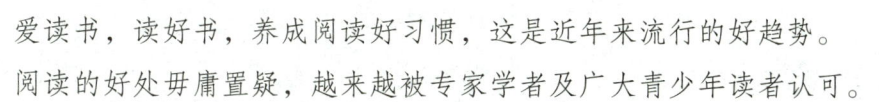

爱读书，读好书，养成阅读好习惯，这是近年来流行的好趋势。

阅读的好处毋庸置疑，越来越被专家学者及广大青少年读者认可。

大家越来越认识到，阅读将会对读者起到潜移默化的作用，既开阔了读者的眼界，也陶冶了读者的情操，它会不断引导读者提高自己的能力素质，调整自己的心情，缓解生活中的压力，帮助读者在丰富知识的同时增强胆识和气度。所以，引导广大青少年学会阅读，爱上阅读，阅读好书，越来越成为专家学者们的一大重要任务。

散文是一种抒发作者真情实感、写作方式灵活多样的记叙类文学体裁。广义地说，散文是与小说、诗歌、戏剧并列，在小说、诗歌、戏剧以外的所有文学作品的统称。但在当代，散文又专指那些形散而神不散、意境深邃、语言优美的文章，所以，当代散文又有了一个形象的称呼：美文。

散文的门槛不高，可以说，只要会写作文的人，都能够写散文。在我国，每天都会有数不清的散文作品诞生。不过，尽管散文作品的量很大，但真正的好散文、真正能够传世的散文并不多。可以说，我们常见的散文大多是平庸的作品，所以为了能够在海量散文作品中发现优秀的散文作品，人们开展了多种多样的散文评选活动，其中名气较高的有冰心散文奖、三毛散文奖、丰子恺散文奖等。当下最为权威的散文奖项当数冰心散文奖，该奖项由中国散文学会组织，在著名作家冰心女士生前捐赠的稿费基础上设立，每两年评选一次，旨在评选出题材广泛、思想敏锐、能够深刻反映现实生活的优秀散文作品，被誉为中国散文界最为重要和专业的奖项。正因如此，每届冰心散文奖获奖散文作品集都极受欢迎，成为散文写作者的范本，也成为老师推荐学生阅读的精品。为了给广大读者提供更全面、更精美的散文阅读范本，我们从已经举办的九届数百名获奖作家中挑选出几十位最适合中学生阅读的散文家，请他们从自己所有的作品中挑选出文字精美、意境深远的作品，结集推出，希望编写出版一批为中学生所喜闻乐见的好的散文选本。

大家知道，与小说相反，散文是写实的，散文作家在写作时，如同用照相机拍照一样，用他们的笔墨触及身边的人、事和风景。即使是历史散文，作者笔墨描绘的也都是真实的人和物，所以，真实是一篇好散文要满足的首要条件。其次，好的散文在"形"散的基础上，实则上是"神"的聚焦，是思想的聚焦、灵魂的聚焦。正所谓说东话西，全都是为了一个中心。最后，散文注重抒情，注重遣词造句的美与高雅，注重每个篇章、段落之间层次的递进、并列和呼应，所以，散文又是不拘一格的。正因如此，阅读欣赏散文作品时，要能够阅读出新词妙意，阅读出谋篇布局，阅读出作者的所思所想，阅读出作者字里行间散发出来的对生活的热爱和对美好人生的向往，以及对万事万物的兴趣和景仰。

千万别指望别人给你提炼出一二三四的写作方法，即使有人总结出了什么写作诀窍，也千万不要相信。写作从来都没有捷径，要想写出好文章，必须进行深入的阅读，阅读最好的作品，阅读的同时不断分析作品，把作品拆开来思考。只有读出了每篇作品的结构组成，读出了人物刻画的方法，读出了语言运用的技巧，才会把优秀作品的营养吸收下来，从而转化为自己写作的智慧。

写作的门槛确实很低，但写作的台阶却很多、很高，我们每迈上一级台阶，都需要付出很多很多的汗水。让我们一起多读好文章吧，为自己写出好文章积累砖瓦，达到"对事物的观察十分细致，对人物的刻画九分入骨，对心灵的把握八分精准"的标准。

目录

第一辑　这方热土

看　戏	002
掐苜蓿	006
挖柴胡	009
分　杏	011
烧麦穗	013
老　屋	015
夏风走过常家沟	018
草木味	022
行走的野草	026
麦子在呼喊	029
雪在跳舞	032
风在大岭堡跑	034
雪落村庄	036
行走的老黄牛	039
陪父亲看戏	041
放　羊	044

目录

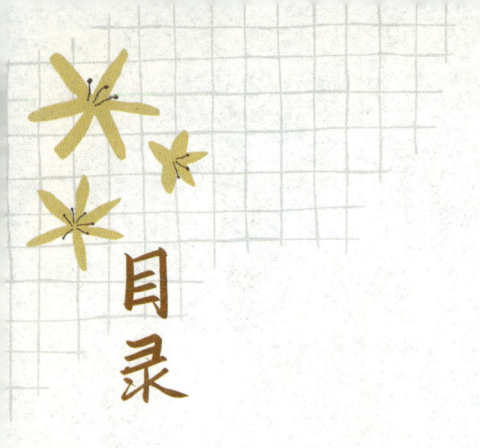

有没有一头猪可以寿终正寝? 046
忠　狗 049
鸡的隐喻 052
猫　性 054
一头生气的毛驴 056
走亲戚 058
正月里来了"准女婿" 062
村野人家 065

第二辑　烟雨楼台

洛河夜泊 070
风流总被雨打风吹去 076
女人今生莫做藤——由萧红的悲剧人生所想到的 080
他是一个任性的孩子 083
丝路情驼铃声 087
永远有多远 089

第三辑　旅途风景

秦岭雾 092
秦岭绿 095
秦岭雪 098

目录

秦岭有宝	103
18万亩洋槐花海的荡漾	106
漫步梁家河	109
大水川的绿	112
大散关之魂	114
燕伋书院走笔	116
我的伊人，在水一方	119
黄柏塬的夏天	122
永兴巷市场	124
翻开"乡村"这本书	127

第四辑　故乡人物

一个人的学校	132
编席的父亲	135
跪着烧炕的母亲	139
灶角的母亲	141
赵　姨	144
碎　狗	147
婆婆的豆豉	150
二　愣	152
咥干面	156

目录

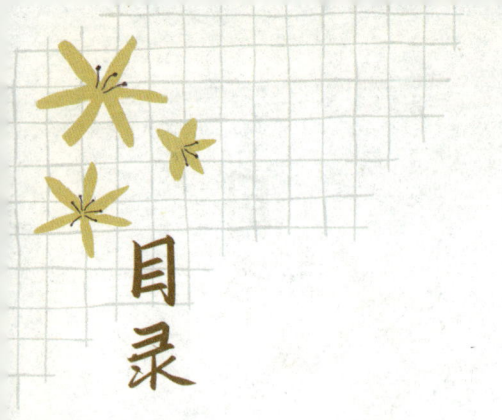

第五辑　读书笔记

牧羊人，待到花开遍地时，我来可可托海看你　160
你咋想得这么美，你咋活得这么累……　163
精神的高度——观省第九届艺术节节目秦腔《路遥的世界》有感
　166
一代人的《芳华》：谁的青春无遗憾？　170
活着的况味——有感于余华的小说《活着》　174
完成在堕落形势下的崇高爱情——有感于马尔克斯《霍乱时期的爱情》　178
作家的劳动与收获　182

第一辑
这方热土

看 戏

夏忙过后,各村就相继开始唱大戏了。唱大戏不只是庆祝这一年的收成,还有一个更主要的原因就是,这个时期也是各村庙会的日子,村里都会唱大戏。我们村的庙会是每年的"七夕"这一天,自然是很热闹的,可这热闹也就持续三四天时间。在这期间,我们还会跑去周边十里八乡的村庄看戏。

某个村要唱戏的消息大都是在一周前或者更早的日子就传到我们耳中的,这个"好消息"经过口口相传,使整个村庄就像平静的湖面投进了一粒石子,一下子泛起了涟漪,搅得每个人的心情也跟着漾了起来。因为这个幸福的等待,孩子们的笑声像阳光一样在村庄流淌,大人们的兴奋也像快乐的旋律在风中律动。

这一天终于到来了。通往戏场的山路像蛇一样蜿蜒着,路上散布着看戏的人群。

我那压箱底的花衣裳又被母亲拿了出来,红上衣,胸前、领口处加了白色花边,再配上蓝色的裤子。母亲还把我的马尾辫梳得齐整、光滑,我羞答答地跟随在村里看戏的队伍中,大人们见了我都说好看。

三婶子说:"这丫头俊得很,去到戏场换捆麻花吃。"

隔壁五婆说:"换糖糕吃也不赖。"

我说:"你们吃了麻花,我就成了卖麻花家的人了?你们吃了糖糕,我就成了卖糖糕家的人了?"

"就是的,就是的……"她们哈哈大笑着,像一群"喳喳喳"的喜鹊。

五婆说:"那个卖麻花家的儿子正缺个媳妇,那个卖糖糕家的儿子也缺个媳妇。给卖麻花的人当了儿媳妇,天天有麻花吃;给卖糖糕的人当了儿媳妇,天天也会有糖糕吃。你想去给哪家当媳妇呢?"

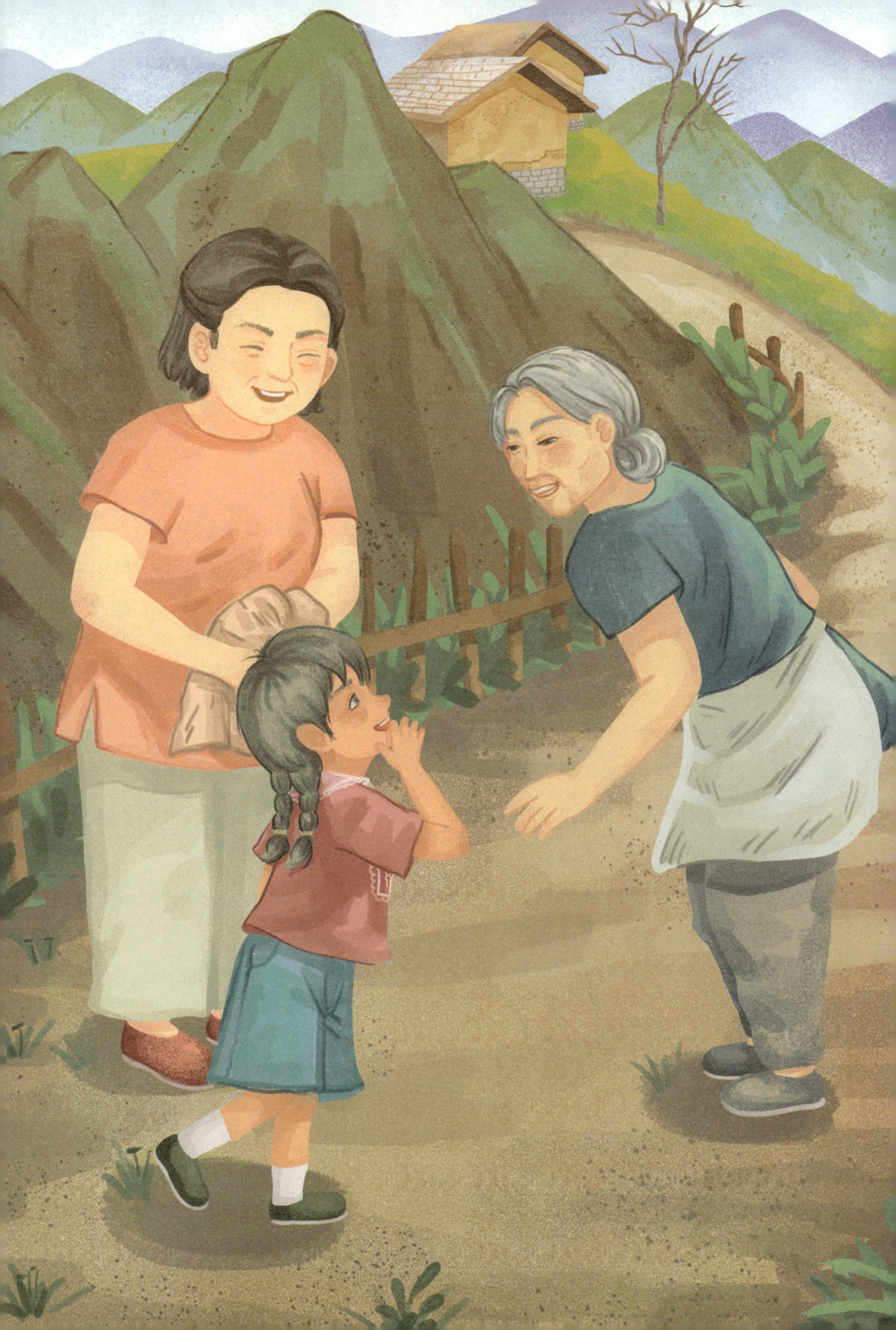

五婆边说边向旁边的人挤挤眼，她们笑得更欢了。

我说："那就是说，想吃啥嫁给干啥的人就可以了？"

"就是的，就是的。"她们几乎要笑得前仰后合了。

这真是一个天大的好消息，我得认认真真地考虑一下。

我想起了清早母亲炒的土豆丝，那香喷喷的感觉还正沿着嘴边往外溢，不由得伸出舌头舔了舔，土豆丝的香味又一次漫了上来。

我说："我想天天有土豆吃。"

哈哈……

哈哈哈……

她们一起笑了起来。

"那就去给山里人当媳妇，山里遍地都是土豆，天天都有土豆吃。"

我不知道"山里"究竟在什么地方，我们家也在山里，她们说在很深很深的山沟里，沿着我们村一直往里走、往里走的地方。

"那要走多久呢？"

"好久，好久……"

谁也不知道好久是多久。

说话间，就到了戏场。

一眼就看见了卖麻花的、卖糖糕的、卖爆米花的……那些扑鼻的香味夹杂在各种吵闹声中，熟悉又亲切。

我尽量地避开那些摊位，我怕她们把我卖给那些个卖麻花的，或者卖糖糕的，这样我就见不到母亲了。

我更不想像她们说的那样，跟着山里人去吃天天也吃不完的土豆，我会想母亲想得哭呢。

很快，我就被戏台上的一个花旦角色吸引了。她身上穿的衣服好漂亮，头上的发簪也很漂亮，像从父亲讲给我们听的古戏文里走出来的美人儿。她咿咿呀呀地唱着什么，我一句也听不进去，但我觉得她站在那里好美好美，我如果也能像她一样，穿着那么漂亮的衣服站在那里，该有多好！

回家后,我对母亲说:"我要去学戏,戏里的衣服真漂亮,唱戏的姐姐真漂亮,我要像她们一样,站在台子上,当主角……"

说这些话的时候,我的手里拿着一根麻花、两个糖糕,那是早上出发前父亲给的两角钱,我全给母亲买了好吃的了。

灶台上,母亲新炒的土豆丝散着奇香,我感觉到嘴角的涎水正往外淌。

掐苜蓿

阳春三月，地里的苜蓿开始泛绿，那些嫩芽胖嘟嘟地站了一地，像一群刚刚落地的娃娃，要多可爱就有多可爱。只是种植苜蓿的人家很少，大多数人家的土地都用来种植小麦了。为了避免苜蓿被踩踏，这家就已经开始看护苜蓿了，不让别人来自家地里掐苜蓿。

可在这个季节，谁家又能挡住苜蓿菜美味的诱惑呢？早晨凉拌苜蓿就包谷糁，要多馋人就有多馋人。中午煮面条，锅里放上几把苜蓿菜，单看那白中泛绿的颜色，就已经勾起了我们肚子里的馋虫。于是，偷苜蓿就成了我们常干的事情。

因为是偷，且大多是去邻村，到了靠山脚的人家的苜蓿地里，手脚自然也就麻利了许多，还得时刻警惕着主家来收缴我们手中的竹篮子和小刀。只有和慧嫂在一起的时候，我们偷苜蓿时的心情才是放松的、愉快的、惬意的，只管提着篮子悠然地在苜蓿地自由地行走。

慧嫂带我们偷苜蓿时，主家自然也是会来收缴我们的菜篮子和刀子，可慧嫂蹲在地里一步也不挪，她对前来追赶我们的主家年轻小伙子说："娃呀，你来！婶子有话给你说。"

那个羞羞答答的少年就真的过来了，瘦瘦高高的个子，一身破旧的衣衫遮不住他的青春与干练。

"婶子，啥事？"他忘了自己来苜蓿地的职责。

"娃，你把媳妇寻下了没？"慧嫂问。

"还没呢。"少年的脸庞一下子涨得通红，像天边的云霞落了下来。

"要不是这地里掐苜蓿的女娃娃们都小得很，否则婶让你随便挑。"慧嫂说。

少年的脸庞涨得更红了，那霞光涂得满脸颊都是。他偷看了我们几眼，就不好意思地蹲下来，帮慧嫂掐苜蓿。

而我们在干什么呢？几个女娃娃（男娃娃们都在对面地里玩扑克），提着可以把自己脸全部装进去的竹篮子，满地找被别人踩踏过好多次的苜蓿呢！那些苜蓿好像和我们捉迷藏，我们蹲下去时看到了苜蓿芽，站起来时它们就变成了一地的羊屎蛋。不过，偶尔还会碰见几只蝴蝶，去追撵时，蝴蝶就起身飞走了，怎么也追不上。

少年朝这边望时，我正在追赶一只黄色的蝴蝶，边跑边用右边油光发亮的袖筒揩着鼻涕，蝴蝶飞得不见了踪影，可我左手篮子里不多的苜蓿菜却撒了一地。我气得坐在那里哭，鼻涕、眼泪和泥巴抹了一脸。

慧嫂先是跟着笑了，说我像个好看的泥娃娃。

她们也都笑了，笑着帮我捡拾掉在地里的苜蓿。

少年也笑了，露出了洁白的牙齿。我看见那朵红云不知什么时候已经从他的脸上飘走了。

后来，我听见慧嫂给少年说，她娘家有个侄女，长得俊样，她可以做媒，让她侄女给少年"当媳妇"。

我看见少年的脸上一漾一漾的，早已没了刚来地里时面对我们的那副生气的模样，他不停地往慧嫂的篮子里扔苜蓿。

终于，黄昏像一匹灰马，直挺挺地站在苜蓿地里，远方人家的屋顶上已经飘起了烧炕和做晚饭的浓烟，我们该回家了。

我看见我们几个篮子里的苜蓿已经厚厚地盖过底了，这是收获不错的一次，我们很开心，而慧嫂篮子的苜蓿满满的，像要溢出来的样子。

回家路上，我们问慧嫂："那个姐姐要给刚才那个男娃娃当媳妇吗？"

"嗯！"慧嫂说，脸上的笑容波浪翻滚。

"姐姐现在在哪里呢？"我们都急着问。心里想，那个姐姐给少年当媳妇了，我们以后就不用担惊受怕偷苜蓿了，自由得就像进入自家苜蓿地一样。

"在娘肚子呢。"慧嫂哈哈笑着。

"那啥时候从娘肚子里出来呀？"

"十个月后！"慧嫂笑得花枝乱颤。

"十个月！"好漫长呀！我们几个面面相觑。如果今晚就能把那个未见面的姐姐从娘肚子里抱出来多好，明天她就可以给少年当媳妇了，以后再掐苜蓿就会和今天一样的自由和开心。

这么想的时候，我看见了自己家的村庄，袅袅炊烟正在村庄的上空飘着，飘着，突然想起，走时，娘说今晚要用我掐回去的苜蓿菜做苜蓿糊汤吃呢。

这样想的时候，一缕饭香溢出了舌尖，我不由得舔了舔嘴唇。

挖柴胡

第一辑 这方热土

一到暑假，我就和小伙伴们一起上山挖柴胡了。

那时候，家乡的柴胡都是野生的。这个季节正是草木最旺盛的季节，山上的草是那种美到极致的墨绿，水墨画般挂在山川，呈现在我们眼前。诱人的柴胡夹杂在各种草木中间，吸引着我们的眼球。

一大早，我们几个娃娃就迎着朝阳出发了，每个人手里都拿着一把挖柴胡的小锄头，腰里缠着捆扎柴胡的绳子，雀儿般分布在山头，猫着腰，在草丛中寻找柴胡，根据柴胡的枝干辨别其根部的粗细，然后瞅好一个角度挥动小锄头挖下去。有时候瞅不准，挖出断根的柴胡，常常会心疼半天。等到手里的柴胡刚够一个手掌可以攥住的时候，我们就解开腰里的绳子把它们捆扎起来，看到绳子捆扎的柴胡越来越多，每个人的心里都会乐开花。

其实挖柴胡最好的日子要数雨过天晴的时候，山上的泥土都是松软的，和青草一起散发出诱人的清香，这时候的柴胡可以不用锄头挖，手一拔就出来了，轻松又快乐。看着手里越来越多的柴胡，我们的"美梦"也开始了。改霞说，等柴胡卖了钱，她可以买一大把铅笔，还有削铅笔的刀子和橡皮，还要买自己最爱看的小人书。她是一个爱学习的娃娃。三宝说，去年他爸带他去供销社买的那个山楂卷嚼在嘴里酸甜酸甜的，太好吃了，等柴胡卖了钱，他买一布兜回来，给我们每个人都分着吃。说完，他自己的涎水已经开始沿着嘴角往外淌，惹得我们都笑了起来。笑的时候，却发现自己嘴里也开始泛起了酸甜酸甜的味道。而我想要什么呢？我想起了上次随父亲去镇上赶集，那件红衬衫真好看，我想要，父亲说手头的钱一家人生活都紧巴，等我挖柴胡卖了钱，自己想买什么就可以买什么了。

我那时是多么委屈，都七八岁的姑娘了，穿的衣服都是做裁缝的母亲用给村里人裁剪衣服时收藏的边角料拼起来的，花花绿绿地披在身上，小时候觉得漂亮，稍长大后才知道那是些穿在身上"羞人"的衣服。我是一心看上镇上摆的那件红衬衣了。

其实柴胡要卖钱也不是一件容易的事情，回家去，我们要把那一小捆柴胡用剪刀裁出来，只留下根，然后晾干，才能拿到镇上去卖，而晾干后的柴胡根除去了水分又极轻，一个假期下来也未必能存下一两斤柴胡。然而那个假期，也许是因为我的努力，卖柴胡竟然真的攒够了买红衬衣的钱。当我把卖柴胡的五元钱递给街道边摆摊的那个阿姨，并接过我喜欢的衣服时，多么高兴呀！我忘记了一个假期的辛苦，把用塑料袋子包好的新衣服提在手里，蹦蹦跳跳地踏上了回家的路。

回家的那个半坡路边，有个苹果园，虽然旁边用枣树围着，但盛夏成熟季节的苹果那红扑扑的笑脸吸引着我们的眼球，勾引着我们肚里的馋虫。不容分说，我们用目光召集着对方，小心翼翼地拨开栅栏一样的枣树，齐刷刷冲进了果园。也许是因为正是午饭时间，果园里竟然静悄悄的，我们胜利地偷回了成熟的苹果，因为激动和盛夏正午阳光的暴晒，每个人的脸蛋都红扑扑的，和兜里、怀里的苹果一个色泽。相互对望间，我们不禁哈哈大笑起来。

从果园出来后，我们找了一个阴凉的山旮旯坐了下来，各自盘点着当天的"收成"，每个人脸上都洋溢着掩饰不住的开心。突然三宝大喊："快跑，人来了！"说完，他拎起自己的小包撒腿就跑了，"偷"回来的苹果也来不及拿上。我看见，有两个红的果子正朝着沟底滚落了下去。

果然是果农来索我们偷的苹果了。

我和改霞吓得双腿发软，坐在那里一动不动。我的小手因为发抖而让手中的果子脱离掌心，也朝着沟底滚落了下去。

远远地听见三宝在远处喊："啬皮鬼，真小气，全国人民是一家，把你家苹果吃点算个啥，大不了，下次挖了柴胡顶替你这苹果钱。"

他已经逃出了"危险区"。

果农是个和我父亲一般大的伯伯，一点也不凶，他也朝那边喊道："偷多丢人，下次来时说声就行。挖药材卖钱的娃娃，都是好娃娃，我稀罕着呢！"

这话，他对我俩也说了。

分 杏

麦子刚收过，山上的杏子已经黄澄澄的了，风一吹，就会从树上掉下来。

可天总是燥热燥热的，不见风。杏树太粗，我们怎么也摇不动，长在树上的杏子真是铁心，面对我们焦渴的眼神，全然不顾，找不到足以够着杏子的竹竿，于是我们准备扔小石子打杏子。

幸亏杏树长在半山腰，我站在山上面不停地扔石头打杏，霞在树下捡拾。

那年我十一岁，霞八岁。

我把小胳膊抡得圆圆的，用尽了吃奶的力气，有些石子还没够着树身就掉下去了，有些打落了几片叶子。但也有收获的时候，一个下午，当我累得满头大汗的时候，霞铺在地上的红衫上终于卧了一堆黄杏，我俩一数，刚好十四枚。

该怎么分这些杏子呢？

霞说刚好每人分七枚。

"可你家九个人。"我说。

"就是，我想让婆也吃一枚，一岁的小妹妹也馋这个……"霞边说边在心里盘算着，不知道这些杏子该不让谁吃。

我家刚好七个人。

我想起了我家就母亲最不贪吃，平时家里有好吃的总喜欢往我们的嘴里塞，端午节的糖糕，过年时的大肉，都是我们最馋的，可母亲总是推说不喜欢，吃啥都一样，让给了我们。

我觉得我也应该大度一些，把属于我的那枚杏子让给霞的婆吃，她婆看上去已经很老了，在院子里拄着拐棍挪步走，脸皱巴巴的像树皮，估计活不了多久了。

那天分杏的结果是，霞拿走了九枚杏，我拿回家去五枚。

黄昏的时候，隔壁五婶不知从哪里得到消息，腋窝里夹着风似的跑到我家，一进门就劈头盖脸地说："他四婶，你说咱家怎么就出了这么个笨娃娃，长大了可咋办呀！胳膊细细的，打个杏子多不容易，怎么多半都分给别人了，将来长大了想必也是个败家的……"

五婶越说越生气，说着就要把我拉过去打，我吓得哭了。

母亲也哭了，把我拉了过去说："她婶子，你别打了，这娃像我，改不了的。"

那天分杏的具体情节我已经记得不是十分清晰了，唯母亲的哭声，多年来一直在我的头脑里回响。

烧麦穗

麦苗抽穗后不久,麦粒就开始一天天地饱满起来,大约一个月的时间,就长成了青瓤的模样。这时候的麦瓤已经可以吃了,放在嘴里,牙一咬就破了,淡淡的麦香味溢得满口都是。

天气一天天地热起来了,下午上学,每个人都会拿一个绿色啤酒瓶子,去瓮边灌满水拿到学校去喝。水太清淡,无味,有些孩子会在家里偷些糖精放进去,那水就甜甜的,好喝。但好像还缺些什么,大家看到了路边一天天成熟的麦子,就会折一枝麦穗,剥出一粒粒青瓤,放在瓶子里,就着清水或糖水喝。

这些仿佛还是远远不能满足我们这些小馋虫的胃,这时候就有人提出来烧麦穗,那才叫一个解馋。

烧麦穗和清水泡麦瓤一样,是要遭大人数落的,甚至有过之而无不及,烧麦穗时的烟雾一旦被大人们看见,是要遭暴打的。可即使这样,烧麦穗依然是孩子们整个夏天乐此不疲的行为。

那些想烧麦穗的孩子,放学路上总是故意放慢脚步,估计着村里其他孩子都走了,不会有人给大人通风报信了,就一呼啦出发,来到早已瞅好的一块地的旮旯里,每人折一把青穗,在地棱边找些干柴,这时候,不知谁掏出了出门前从家里偷来的火柴,划拉一下点燃了柴火,大家便开始把偷来的麦穗放在火上烧。"嗞嗞嗞",那麦粒开始从火中传出将熟的香味,大家被诱惑得嘴角流下了涎水。夏日山上的干柴并不多,那火一会儿时间也就熄灭了,所以大家手中的麦瓤并没有被完全烤熟,但这一点也不影响孩子们的味觉,事实上他们根本就等不到麦穗烤熟,就急急忙忙从火上取下来,等不到冷却,就放在手心揉搓,褪去外面的芒刺和薄皮后,放在嘴里咀嚼了起来。由于麦粒太小，大家几乎是把嘴伸到掌心里吞吃。孩子们"咯咯咯"地笑着，由于吃得急，没褪尽的薄皮和烧麦穗的黑灰一起在脸上粘着，在夏日汗水和嘴角涎水的浸润下，每一张脸都被染成了花色，滑稽而可笑。当然，"滑稽"是我许多年后才想到的词，那时候，除了似乎永远也填不饱的胃，谁还能顾及其他呢？你可以想到，一群土娃娃坐在一个土旮旯里嘻嘻哈哈吞咽烤麦粒的模样。可惜那时没照相机，要是拍下来，一定好看，一定是全网一道亮丽的风景线。

"打死你们这些崽娃子，叫你们偷吃……"刚走到村口，村长六爷就撵了过来，手里持着一个长木棍，原来，是孩子们脸上的黑灰暴露了秘密。

一群娃娃慌忙作鸟兽散。

"回去叫你们爹娘教育你们去，今年得给你们七叔家赔些粮食……"六爷在后面喊着。

我们突然想起，去年秋天我们还偷着烧吃了七叔家的毛豆角，我们都不怕他，也许他依然会摸着我们的头说"崽娃子，看我不打死你们……"，然后那巴掌像三月的风轻轻地落下。

老 屋

第一辑 这方热土

老屋还在，但已经很衰老了，远远望去，像一个身材佝偻的老人，站在旧时庭院里，孤寂而落寞。多少个日子，我一直担心，那些从山上吹来的风会把它吹倒，或者某一场突如其来的大雨会把它淋湿，然后湿漉漉地倒成一片废墟。

为了保持室内的通风，纵使在那些个久无人居的日子里，老屋的窗户也一直被大开着，于是那些行走在岁月里的阳光、凄厉的风，或者斜斜飘来的细雨，便常常会穿透窗户钻进屋子，或温柔或粗暴地抚摸其中的物什。其实也没有什么了，无非是些镶在玻璃相框里被高高挂起的旧照片，墙上沾满尘土的旧年画，或者炕上的旧席片，这些仅有的所能代表主人曾经住过的历史的痕迹，或浅或深，残月般，总是映在游子思念的湖里。每一个归来的人，只需站在窗户外面往里面瞅那么一眼，便会稀里哗啦伤心到泪奔——太熟悉、太亲切了，那些过往的日子，都在这一瞥间纷至沓来，乱了心，迷了情。这老屋哦！多像久别的故人，是那样的让人依恋，千帆过尽，生生念。

久已没人居住的老屋，自是显露出无可掩饰的荒凉，像裸露的伤口。主人走了，那些院子里、土棱上的荒草迅速从地底下钻出来，只一个春秋就霸占了整个庭院。火罐柿子、核桃树、酸枣树，还有那些拔节的白杨、疯长的蒿草，把羊肠小道整个都要侵占了的葫芦瓜蔓，几乎要爬上屋顶的爬山虎……这些自然界的狂傲的物种，它们也不知道从哪里得到的消息，或者目睹了这家庭院的人去楼空，便偷渡而来，来霸占这三分田园，虎视眈眈，肆无忌惮。

我陪父亲回到了老屋，我说："爸，咱们把这些杂草清理了吧！"说话间，我欲去老屋的门背后拿镰刀，却发现它们早已锈迹斑斑，全是无人打理的岁月的痕迹。其实，它们已经失去了原本应有的功能，原来它们和人一样，是需要时不时打磨的，否则也会失去生存的，或者在这世间证明自己存在的能力。父亲看了一眼，说："算了吧！你能割尽吗？世间所有的屋子都是需要人住的，没有了人，没有那日日升起的烟火气，你是赶不走这些荒草的。"没有了人居住，这日子还能叫日子？这老屋也只能站在这里，残花般，等待凋落。

我才突然发现，老屋和人一样，其实也是有命数的，没有了主人，没有了烟火日子的滋润，它真的也就一下子老了，屋顶的瓦楞上已经开始长起了荒草，仿佛在和院子里的杂草比高低，它们透过瓦楞的缝隙拼命地生长，瘦高瘦高的，似乎要把屋顶穿透了。屋檐已经开始有了倾斜的模样，像一个颤巍巍的老人，一股风都有可能把它吹倒。

父亲和我一起站在荒草萋萋的庭院里，一起回忆老屋的历史，诉说那些往年的零零散散的记忆，此刻，它们雨点般溅落在庭院里，心也潮湿到一种难以言表的滋味。这已经是父亲亲手盖起的第二座房子了。第一次建房时，家里拿不出一百元钱，是全村人上手，帮忙做胡墼（jī）、垒墙，从山里运回木头，请回木匠，用了一个多月的时间建起来的。再后来第二次建房时，家境稍微好些，地基铺了砖，却依然没有力量盖起一座一砖到底的大房，但这已经让父亲很高兴了，毕竟这是全村第一座用砖做地基的房子。这房子一住就是几十年，屋子里有温暖的土炕、做针线的母亲、蹲在角落里编席的父亲，还有厨房里那些馋人的烟火，以及院子里奔跑嬉闹着的孩子……老屋承载着几代人美好的记忆，怎不让人刻骨铭心？

老屋是在什么时候开始老的，谁也记不清了。老屋是从什么时候开始荒凉的，谁也说不清了。大哥当年要分家出去的时候，母亲哽咽得几天吃不下去饭，说这院子里、屋檐下又少了几个人，就像她常年劳累的双臂突然少了一分力，干什么都起不了劲。再后来，她的幺儿子，还有长大的女儿，也都一个个离开老屋了，父亲和母亲突然觉得无所适从，他们觉得这一伙伙娃娃怎么突然就长大了，像鸟儿一样一个个飞走了，飞成了谁家梁上燕？那些曾经叽叽喳喳围绕在他们身边的声音越来越少，越来越远，像个梦，成了二老日日夜夜的期盼和守望。

幸亏还有老屋，有了这座养活了一大堆娃娃、住了一辈子的老屋相伴，父母的情感就多了份依托，他们的等待就有了一个站台，他们时刻守在这里，等待着那些属于儿女们的生命的列车随时回来栖息，哪怕只是瞬息的停留。老屋多像老伴，竟然可以陪着二老一生。父亲说这些话的时候，竟有泪痕闪过，他说，好几次他的幺儿子要把老屋拆掉，在老宅基地建一座二层小洋楼，硬是被他拒绝了，在父亲的眼里，还有什么比老屋更亲切，能让自己安心入住的居所呢？人是有感情的，住了一辈子老屋的父亲，那份情谊难以割舍。

后来，这情形恰如人们常说的"天下没有不散的宴席"，老屋终究还是被遗弃了，被它的主人遗弃，被乡村遗弃，被一双历史的手连同乡村一起遗弃。当村庄的人们越来越少的时候，父亲和我们一起不得不面临对老屋的割舍，这种感觉就像他不得不面对母亲离他而去，无法陪伴他到最后。

可无论是父亲，还是在这个屋子里一天天长大的娃娃，谁又能真正地忘掉老屋呢？其实至此，老屋已成我们最后的根，哪怕它身材佝偻地站在那里，哪怕一院子的荒草萋萋掩映着它的荒凉，它依然在我们的心里梦里，时时挂牵，年年探望。

想起这些的时候，我发现，父亲也老了，他佝偻着背站在老屋里，影子一样的落寞与孤单！父亲站在门背后，摸了摸锄头、铁锹和镢头，还有当年背过柴捆子的绳子，竟然忘了它们早已锈迹斑斑，落满尘土。他固执地把绳子拿下来，对我说："咱们上山背柴去，中午生火做饭。还有，你背上背篓，去沟里拾些叶子，把炕烧热，我还想睡老屋的炕呢！"

父亲说话间，拿着绳子和生锈的镰刀往院子里走的时候，却被脚下的枣树绊了一下，打了个趔趄，差点摔倒，我忙上去扶住，竟发现父亲哭了，泪水顺着他布满皱褶的脸滑落，一滴，正落在老屋的庭院里，与泥土融在了一起。

我搀扶着父亲一起在老屋前合了个影。父亲瞪大眼睛，直直地望着老屋，半天没动，仿佛对我，又仿佛自言自语地说："明天，老屋就要拆了？"

我说："爸，村上征地，明天老屋就要拆了。"我发现，父亲佝偻的身体颤抖着，仿佛雨中的老屋，仿佛院子里那些风中的草木。

夏风走过常家沟

夏风从常家沟走过时，那些大片大片的麦浪正在涨潮，潮浪拍打在盛夏的岸口，在农人收割的镰刀下，发出噼里啪啦的声响，像冲天的爆竹，在常家沟喧腾。

"田间少闲月，五月人倍忙"，麦浪前是忙碌的人们，"嚓嚓、嚓嚓……"饱食着麦香的镰刀，发出了快乐的声响。"啪，啪……"豆大的汗珠子沿着农人的脸颊来不及翻个跟斗就往地面淌去，汗水一淌在地上，就被土壤贪婪地吮吸了，无疑，这些阳光暴晒下的土地，是一群饥饿的孩子。仿佛所有的收割之苦因为有了这一地的收获而变得云淡风轻，直到夏风来到。

夏风是哼着小曲来的，她一来，这地里就热闹了起来。夏风在麦田里跳舞，麦浪便跟着她跳跃，麦浪跳舞时发出的响声像蜜一样甜，麦苗纤细的腰肢在她的指挥棒下，一会儿向东扭，一会儿向西扭。不管是西北风，还是东南风，都是麦田里的歌，都是歌中的舞蹈。

潜伏在麦地里的正在孵小鸡的野鸡是再也无法隐藏了，在农人的镰刀还未触及前，这位伟大的母亲依然侥幸地以为自己可以在这块麦田的安乐窝里胜利地孵出自己的小鸡娃。可是，一阵风吹来，一不小心就提前暴露了秘密，她终于扔下了还未出壳的孩子，一个展翅，一声哀鸣，冲出麦田，一瞬间就飞到了谁也找不到的地方。长期的野生生活使她们拥有了比家鸡强许多的飞翔能力，这能力让她们能够无数次地躲过孩子们的弹弓和猎人的枪口。可此刻，她们终究无法在夏风的舞蹈中继续逍遥着自己的逍遥，等待着自己的孩子顺利出生，这是一个母亲的不幸。

可夏风不管，她天生不是一个悲悯者，或者说她从来就不曾知道这麦田里还有一个待产的母亲和一窝准备出生的孩子。她只管舞蹈着自己的舞蹈，邀这一地的金黄一起跳舞，在农人额头的汗渍间跳舞，扯着农人的衣襟跳舞，抓一缕农人的发丝跳舞，跳得那些躲在麦地里的蚂蚱、蛐蛐、蝴蝶，躲在树尖尖上的"算黄算割"虫也惊呆了，忘记了鸣叫，眼睛直勾勾地，做她最忠实的观众。天地间涌动着欢快的旋律，那些山坡坡上的野草，夹杂在野草间的陌上花，也跟着她一漾一漾的，仿佛在海里摇呀摇，摇到外婆桥。

家家户户的碾麦场几乎都集中在各家门前的场院，一个夏天以来，经过一次次碌碡的碰触、亲吻和碾压，就像那些磨合多年的常家沟平常夫妻的日子，平滑而又亲切。人们把从地里拉回来的麦秆杵在那里，麦草垛杵在那里，摊了一场院的麦穗杵在那里，一地的和着衣子的麦子都杵在那里，也把牛拉着碌碡在场院里转圈的日子杵在那里，把整个夏天农人手忙脚乱下的所有的丰收一起杵在那里，这场院就显得拥挤而又饱满。夏风从场院里走过，那刚卸下牛轭头，剔除了麦草，把一地的和着衣子的麦粒推成堆的农人脸上密集的皱纹刚刚开始舒展，汗水来不及砸在场院里就被风带走了，风把它们带进空气中，然后就杳无音讯了。谁还会去想这些呢？风一年要带走农人身上多少汗渍，连风自己也不知道，管它呢。"多好的风呀！"他们说，他们对风只有感激。"可以扬场了。"四爷娴熟地伸出粗糙的手掌，和夏风握了手。和夏风握了手是他自己说的，他说夏风正沿着他的掌心跑得欢实呢。然后他会告诉大家，这是西北风还是东南风，麦堆该向哪个方向推，风向好了，一口气就可以借风势把麦粒和麦衣子分离出来，就可以完成一粒麦子从种子回归到粮仓的所有的壮举。"风真是个好东西呀！"四爷说。四爷又说，直到把自己说得全身热了起来，扬场的手却又加快了速度，在半空中画出一条美丽的弧线。

院子里，晾着一院的麦子，小脚的婆正端着簸箕一下两下三下四下地簸着夹杂在麦粒里的土疙瘩、薄衣子，或者偶尔混进去的老鼠屎，风吹过来时，那些麦衣子就跟着婆的簸箕被扬了出去，风再吹过来时，婆的身子便开始跟着摆动了起来。可婆是小脚呀！她突然就有些支撑不住自己的身体，风抱着婆的身子往上提，没有提起，婆的脚在大地上可有根呢，风便生气了，又抱着她的身子左右摇晃，婆就有些招架不住了，她感到头晕、眼花，不得不放下簸箕，看风把院子里的叶子吹得打转转，把树上的叶子吹得哗啦响，还有几个从她簸箕里飞出去的麦粒被吹得在院子里滚蛋蛋。婆刚想伸手去捉住它们，却被风按住了双肩，让她坐下来，她就真的无力地坐了下来，坐下来时她看见风已经把她遮头的蓝花帕帕吹向四合院的一个旮旯里了，被院子里一棵枣树收留了。这时候，婆就想起了自己的那一伙孙娃娃，他们去哪里淘气了呢？会不会被风刮跑了？婆就开始坐在风里呼唤他们的乳名："猫娃、蛋娃、狗娃、猪娃……"可声音刚出口就被风带走了，快得连她自己都没听见。

　　婆这样喊的时候，风就发怒了。风是常家沟的常客，可也是一个变化无常的家伙，他温柔起来比常家沟最温顺的女人还要温柔，比谁家的新媳妇还要害羞，比谁家的娃娃还要听话，可他也会发怒，像极了常家沟的男人。刚刚还和自己的女人一起下地劳作，割麦子、掰包谷、种豆子，可一回到家就全身散了架倒炕就睡了，留下自己的女人来不及揩去脸上的汗渍，开始喂牲口，然后进了厨房做起一家人的饭食。她们只是在饭熟的时候，叫醒了自己的男人，打扰了他们的美梦，这男人就暴躁了起来，或者说这个男人最近日子过得不舒畅，他们就开始对自己的女人发火，动几下手。然后被打的女人会哭，隔壁的女人会来劝她，"她婶子，你看咱村里有几个女人没挨过自家男人打的，这就是咱女人的命"。于是这女人就止住了哭声，继续自己的日子。常家沟的女人究竟是啥命，没人想过。常家沟的男人喜欢坐在碌碡上，却不允许女人们这样做，他们认为女人坐在那上面是不吉利的。女人也以为是，或者女人们从来就没想过这个问题。但常家沟的风知道，他看着常家沟的男人，也看着女人，他到底还是看不下去了，他和那些男人一样的暴躁了。于是，风开始在村子狂刮了起来，他把天空的脸刮得阴沉沉似要下雨的样子，地面的土被扬了起来，呛得人睁不开眼，山上的青草是大地的胡须，他扯着它们一会儿东一会儿西，树上的叶子吓得抱着枝干哭，跟着枝干跑，它们一辈子都逃不脱依附的命运。最可怜的是地上的人们，他们不能只管自己呀！那刚碾了一场的麦子被风刮得到处跑，那可是农人的命根子呀！刚才还夸着这些风扬场的四爷也跟着骂了起来，他整个人，还有生活在常家沟的所有的人，都在风中奔跑，赶着把中午晾晒出去的麦捆子堆成一个麦捆垛。远远看去，场院里的麦捆垛就像一个戴着草帽的老人。人们把院子里刚腾出来的麦粒急着往口袋里装，来不及拉回家就用塑料布盖了起来，大人、小孩、老人，每个人都恨不得生出八只手，把这收获的麦子赶紧收回家。他们知道，风刮过后，雨就来了，雨来了，这一地的麦子抢不回家就泡汤了，人们都跟这场狂风拧着劲呢。只有村口那个懒汉二愣子依然坐在自家的木门槛上不动，看着场院里的麦子发呆，他说，风刮后天就晴了，他要跟天打赌呢。就在他说的时候，风停了，天空一声霹雳，雨就真的哗啦啦落了下来，重锤般砸在二愣家一场院的麦子上，麦粒在场院里被泥水冲着往前走，它们哭着在泥水中挣扎，却逃不脱被卷走的命运，谁让它们做了二愣家的麦子呢？二愣在干啥呢？他坐在门槛上哭，常家沟的风太大，把他的麦粒刮走了，常家沟的雨太狠，把他的麦子冲走了。村里人说，二愣这货，饿死活该，吃老鸦耷下的，也该张张嘴吧。

许多年后，二愣的故事成了村里大人教育孩子最好的活教材，他们说二愣是懒死的。这故事在风中飘过来飘过去，究竟飘了多少年，谁也无法精确计算。再后来，风把它带进异乡游子的梦里，连同村口那棵被风吹了一个年轮又一个年轮的老槐树一起，夜夜温习，亲切而又生动。

草木味

一个村庄，突然就空了。空了的村庄，草木味却愈发浓了起来。

我发现，那些草木是摸着大地的藤蔓伸展出来的，它们习惯了在泥土的子宫里吮吸营养，时辰一到，就破土，就扎根、长大，以至于开花结果，长成花好月圆、花团锦簇的模样。

和人类不同的是，每一株草木来到人间都是悄无声息的，"春回大地，万物始生"，其实说的也是草木初生的"萌动"时期。春天最适宜在大地母亲一粒种子里受孕，然后孕育出新生命，这就好比每一个孩子都是在母亲"青春的年纪"出生一样。而草木的出生又是不被关注的，或者是因为它们自身就选择了这种静悄悄的存在——生与死也只不过是一个人静悄悄地从存在走向虚无的过程。在春天里某个静悄悄的早晨或者黄昏，抑或子夜时分，它们来了，挣脱了大地泥土的子宫，以嫩芽的形式昭告自己来到这人间。它们本身就是生长在这里的野草，无人顾怜，就连这山里的风也懒得把它们出生的消息带出去，一切都是自然的，生得自然、活得自然，站立或者匍匐，都是自然的姿态，也许自然的东西更趋于平和、虚无或者厚重。

但我对这些山里的草总是有着一种说不出的亲近感，在这种看似无所追求的生存状态里，却有着一种深深的醉人的芬芳，我知道这是草木的味道。在村庄行走，在山上的草木间行走，你被一群草木包围着，更被一种味道包裹着，欲罢不能。那是已经高过我们头顶的蒿草的甘味，匍匐一地的柴胡的药味，趴在我们鞋面上的狗尾巴草、羊奶子的味道，马齿苋、荠菜的味道，还有漫山遍野的刺槐、百合、夜来香、皂荚树的味道，山丹丹、洋槐、桃、杏、梨、朝颜盛开时的味道……它们都是这山里草木的味道，一起在村口飘，在村庄飘，在偎着村庄的山川平原飘，飘成了山坳里的草木味。在每一个有风无风的日子，有人无人的日子，有爱无爱的日子，飘着自己的纯香，飘着自己的日子，飘着自己对生养自己的日月星辰的爱与依恋，潇洒而又自在。

　　在这片大地上生活得久了，人的身上自然地就容易沾染上这些草木的味道，蓝草染的花布真是清美，当年外婆用它包头巾，这蓝草的味道就在她的头顶跳跃。爷爷年轻时穿过的蓝布衫、白布衫，年龄再长些穿的黑衫衫，据说都是这山上采来的草汁染成的，水一洗，蓝汁、黑汁浸染了一盆的颜色，接着那些草木的味道就溢了出来，满屋子都是。母亲年轻时穿的花布衫，蓝底，白花花或者红花花，碎碎的花朵的存在，让人一看就想起家乡那美丽的草原、草原上的花朵，当然还有站在眼前的这个扎羊角长辫的"花姑娘"，以至于许多年后，我们家用的床单、被套等物什，上面都是草木的颜色，那些颜色最容易牵引我们的嗅觉，因为色彩而引发的嗅觉，那闻出的草木的味道，舒畅得叫人别无所求。

　　经常在草木间行走的人们最容易沾染草木的味道。村庄的汉子们脸膛上的黑红是这山里的阳光和风染上去的，也是风中的草木染上去的。农家女子红扑扑的脸蛋和壮硕的身板是母亲年轻时的模样，有着草木的美与坚韧。说到这里，说到这些生活在草木间的女子，我就很容易把她们与花朵联结在一起，她们是草木中的花朵，连她们的名字也与这些花是相同的——桃花、杏花、秋菊、雪梅、牡丹、水仙……这些山花也是她们，的确是这样的，女人如花，女人与花朵一直是人们津津乐道的话题，而花朵亦是草木的一种。然这个世界真正懂花、惜花的能有几人，《红楼梦》里的大观园里绽放着那么多的"女人花"，而最懂"花"的莫过于作者笔下堪称"情种"的宝玉了。他爱她们，爱她们柔中的刚、静中的动，爱她们的繁花似锦，更爱心中女神黛玉的"独树一枝"，作者写"大观园"，其实影射的也是整个社会百态，男女情感纠缠不清。深夜，读奥地利作家茨威格的《一个陌生女人的来信》读到心痛，他太懂女人了，他怎么就可以把一个女人的"至善至美"这么毫不保留地撕碎给人看？他没有直接去谴责那些不珍爱"女人花"的男性们，却能让他们感受到"被抽巴掌"的痛和深深的自责。不知为什么，我总觉得这些"女人花"

里有着草木的味道，有眼泪的咸味。我想起了我们的外祖母、祖母，我的母亲，她们的身上都沾满了这些草木的味道，天然、质朴、心底透亮，却看不出半点瑕疵，男人们欣赏她们的美丽，却也给了她们太多的生存的负重。记忆中的母亲整天除了劳动还是劳动，照顾老人、抚养我们、料理家务、耕耘田地，至于具体的细节我已经不愿去诉说了，就像我此刻极力想止住一道疼痛的伤口。这个世界把最美的赞歌给了女人，却也把太多的苦难给了她们，这情形，一如人们都在赞美梅花的美与坚韧，但没有人愿意替她抵挡风霜雪雨。

于是，我在想，草木的味道，也该是生存的味道吧！是一种最初最纯的原始的味道，是生活在这片土地上的人们曾经一心想着要逃离而终又一心想要奔赴的"归宿"。就像曾经在这片草木间生存多年的我，一生都和它在逃离与回归间撕扯，而真正地曾经逃离过吗？在心里、在梦里，那味道一次次地漫上来，催我回归。

久居城市，我们整天被杂七杂八的味道包裹着，地沟油的味道、烤肉的味道、汽车尾气的味道……当然更多的还是那一身似乎怎么样也抖搂不掉的铜臭味。抖不掉，就容易被迷了心智，尤其是那些走出草木味氤氲的村庄的后生们，那些叫桃花、杏花、秋菊、雪梅、牡丹、水仙的姑娘们，连她们自己也忘记了自己曾是带着一身草木味走进城市的，在城市的海洋里，她们像一只船，漂呀漂，找不到方向。身上没了一缕草木味，她们已然找不到回家的方向。

这些年，村庄一天天地空了，但草木不在乎，反倒是更加繁盛了。草木守着村庄，时间长了，这村庄也就成了它们的村庄了。风一吹，它们就开始唱歌，把草木的清香裹挟到天空，到大地，到一切可以抵达的山川平原，带得到处都是，仿佛他们唯一不能抵达的就是城市，天生就与城市隔着心呢。

可城市里的人们终究还是放不下这村庄，放不下这些长年蛰居在庄园的草木味。暑假时，一些在城里带孙子的老人把这些不识人间草木味的孩子带回了家乡，偌大的庭院里孩子们就像逃出樊笼的小鸟，咯咯咯笑个不停。每一个孩子回到这里就开始有了笑声，初闻草木香，就觉得身上有了仙气、灵气，身子轻盈得就像这些山里草木的香味一样，悠悠然，自由飞，飞在笑声荡漾的村庄。

周末，坐在城市的楼阁里，我又一次想起了家乡的草木，忙呼夫驱车前往。路上，碰见两个婆婆招手说要搭车回家，原来是去邻村的老人。上车后，她们说："你和你母亲当年一样漂亮，你母亲当年梳一对长辫子，乌黑发亮，蓝底菊花布衫，好看得很……"说这话时，我才看见她们穿的也是那蓝底花布衫，上面还落了几片叶子，微笑时，细密的皱纹里竟有草木的芬芳……

一代人老了，但他们的草木情怀还在。这山里的草木味，一直在，一直在……

行走的野草

那天，当我风尘仆仆地回到老屋，看到人去屋空的庭院里长满了蒿草、狗尾巴草、马齿苋、打碗花、蒲公英、猫儿眼等许许多多熟悉的野草时，心，在那一刻突然就有了一种莫名的悸动，一种温热的亲切的感觉传遍全身。直觉告诉自己，这是一场蓄谋已久的集体出行。它们是来这里寻找我和我的家人吗？

这些可爱的、美丽的、惹人的野草可一直是我的朋友呀！生活在这片土地上的父老乡亲，过去我们哪一天不去山间看望它们？我对这个世界最初和最后的感知似乎都与野草有关，家乡那广袤的草原就是我童年的乐园，采花、折枝、挖药材、割柴、打猪草、割牛草……野草丰盈着草原，也养活着这片大地上的生灵。那时候，到处都是它们的身影，崖畔畔、山沟沟、道路旁……我们亲如兄弟姐妹，从来不曾分开。

可今天，当村子变得空落落的时候，那些忙于生计的庄稼人似乎已经忘记了这些野草的存在，就像不经意间遗忘了一个故事。可它们是有情物，一下子离开了亲人，就茫然得不知所措，所以才商量着这样的一场集体出行——来到我家庭院里、家家户户空荡荡的庭院里，可还是没有找到主人，面对挂锁的大门，它们不忍离去，就留守在了这里，替老屋的主人守着这里，等主人归来，以生机勃勃或者荒草萋萋的模样。

野草在行走。

过去的日子该是苦的吧？那时候，它们刚探出头就被牛羊的舌头卷走了，被农人手里的镰刀收割了，偶尔开出几朵花，也多是来不及恣意绽放，就被调皮的孩子们采撷，可它们有顽强的生命力，一茬茬地活下去，草木一秋，那时候，它们所有的时间都用来成长了。

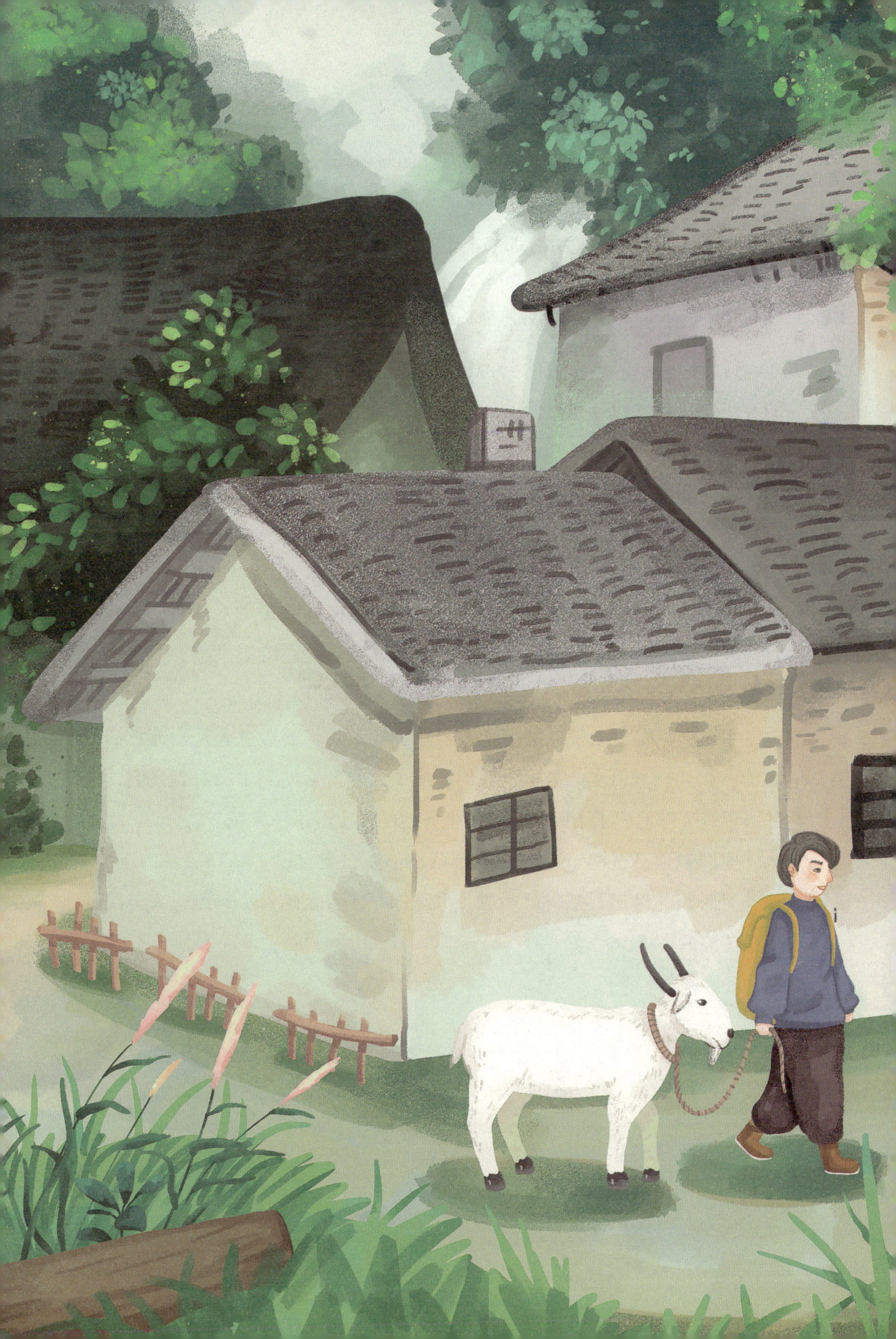

可如今不同了，牛羊走了，农人也走了。它们很失落，很孤独，像流落在城市的农人一样的孤独，它们把自己的身体疯长成一帆孤影，在风中飘摇，它们四处奔走，像一群被遗弃的孩子，满世界地寻找亲人。

野草在行走，它们沿着那些羊走过的，牛走过的，农人扛着犁铧走过的，村子的男男女女都曾经走过的羊肠小道开始行走，才不几天的时间，这些小道就被野草的足迹挤得密密匝匝，风吹不进，雨淋不透，唯有荒草萋萋。

行走的脚步依然不曾停歇。它们突然就变得雄心勃勃，像一个不甘寂寞的青年人在尘世间寻找自己的爱巢，而村庄恰成了黑夜旅途中的灯塔，风雨后闪现的彩虹。它们不知道没有人居住的屋子比眼前的草原还要孤寂，用钢筋水泥撑起的楼房比寒冰还要沁骨，因为无知，才有执着的行走，无知给了它们快乐和希望，它们以为曾经爱着它们的庄稼人都一定是躲进屋子了，它们就想着要见他们，亲口问问："这么久了，我的亲人，你们究竟去了哪里？"

有了这样的信念的支撑，这些野草的行走便被赋予了一种新的内涵。走过阡陌间，走过人家田地的塄坎，就走到一家家的庭院里来了，不几天时间就把家家的庭院挤得密密匝匝，可终究也没有唤回屋子里的主人。

主人究竟哪里去了？那个地方野草也找不到。不过主人是知道它们的行走的，在某一个思乡的梦里，他们迎接了这些野草的到来，看到它们，他们的眼泪竟哗哗地流了下来，天亮前把异地的枕巾湿了一大坨。

他们知道，这些来自故乡的野草，正在召唤自己，站在故乡的土地上，像儿时盼归的母亲，把自己站成一尊雕像，或者正踮着小脚跑过来，接过他肩头流浪的褡裢。

麦子在呼喊

我见过一大片麦子呼喊的样子。

它们站在初春的田野里,站在料峭的春寒里,四周是赶着去繁盛的野草和日渐荒凉的村庄,刚刚从冬雪的被窝里钻出来的它们,就像一群刚出生不久的娃娃,张大着嘴巴,向着天空,向着村庄,呼喊着"母亲"——那些种养它们的农人。

在春天的田野上,麦子在呼喊,它们伸长着脖颈,挥舞着手臂,喊得歇斯底里。它们无疑是一群被遗弃的孩子。它们还那么单薄、娇弱,娇弱到不能坚守自己的阵地,它们的周围密密匝匝地挤进了一些不知名的野草,粗鲁地把它们和同伴分开,一粒麦子和一粒麦子之间,由于野草的阻挡,它们的根已经开始扎不稳了,身体也被挤压得瘦瘦的,尤其是那些蒿草,还散发着一种说不清的令人作呕的气味,可麦子又能怎么样呢?它们只能站在那里呼喊,呼喊种植它们的农人归来,帮助它们夺回属于它们的"领土"。

在它们呼喊的空儿,农人真的就回来了,可他们并没有如自己想象的若一个母亲般俯下身去深吻它们的额头和受伤的心灵,更没有像他们的祖辈那样,来到它们中间,用粗糙、皲裂而亲切的双手为它们一根根拔掉这些可恶的长得满地都是的马齿苋、狗尾草、益母草……让那些本不该长在这片肥沃的大地上的野草重新去寻找属于它们自己的价值吧,比如,这些野草该是上好的猪食,也是羊羔羔不错的"伙食"。他们来了,并没有长久停留的意思,甚至不愿给它们一个微笑、一个拥抱,他们带着冷漠的甚至是极不耐烦的表情,背着一箱的除草剂。于是,那些药水就披头盖脸地顺着它们的头顶喷了过来,这些狂傲的种植者,一点也不曾顾忌它们可是他亲手抚养的孩子,是它们未来口中的食粮,麦子闻到了那些比蒿草还要令人作呕的农药的气味,它们想抬头呼喊，叫他们"别喷药了，别喷药了……"，可它们刚张开嘴巴就集体失语。农人从土地的这头走到那头，又从那头走到这头，然后，背着一个空箱子，头也不回地走了，农人听不见，或者根本就没有心思去听它们的呼喊，城里还有好多事情等着他们呢！

农人走后，那些野草就真的一天天地枯萎，以至于倒在了它们的身边，它们却感到更孤单了。它们甚至觉得野草虽然是该离去的，但绝不是以这样的方式，比如它们该被收进一群找猪草的孩子们的筐子里，比如那些嫩嫩的荠荠菜，该被装进女孩子的竹篮里，成为某个早晨农家餐桌上的美味。于是，这样想的时候，它们就更孤单了，竟开始同情起那些个当初和它们争夺"地盘"的野草，这些野草其实也很可怜。

于是麦子更寂寞孤单了，心情抑郁、沉闷，有一种想哭的冲动。可是有什么办法呢？它们只能在大地的身体里想办法，活下去。无聊的时候，就想着有风吹来，风果然就来了，麦子看见风从远方赶来，它们按捺不住激动的心情，相互传递着这个喜悦的消息，站立成整齐的一行，集体唱着欢歌迎接风的到来，它们喊："风来啦，风来啦！"风就吹过来了，被风抚摸后，它们的心情更复杂了：欣喜、欢乐、焦躁、失落……目送着风又向远处走去。

幸好这山里的阳光一直在，它和雨水一起带着这些可怜的麦子跑了一天又一天，为了解除内心的孤独和寂寞，它们一直在奔跑着，呼喊着，一不小心就与夏天撞了个满怀。

收割的季节到了，它们一个个已经长成了金灿灿的模样，以一种成熟的、迷人的，甚至妩媚的姿态，站在田野里，依然在呼喊种养它们的农人："回来吧！回来吧！你们看，我已经长成了你们喜欢的样子……"

布谷鸟看着它们可怜，也趴在高高的树枝上，对着城市的方向，一样地呼喊着："回来吧！回来吧！麦子熟了。"

这些懒散的种植者就真的回来了，它们激动得全身散发出金色的光亮。它们终于要和他多待好久了，它们可以享受他镰刀的亲昵，打麦场四目相对时的惊喜，享受他用自己饱满的爱把同样饱满的自己收进粮仓的欢愉。想起这些，它们又兴奋地呼唤起来——面对死亡，它们竟然可以如此欢悦。可是，一切并不是它们想象的这样，很快，呼喊就变成了惶恐与失落。他甚至没有心情走进成熟的麦地里多看它们一眼，就把它们交给了命运。整个田野里，只来了一台大型机械，收割机进了麦地里，一如强盗闯进村庄，一棵麦子来不及向另一棵麦子道别，就剩下光秃秃的半截，收割机碾压过的地面，像一把刀，立在大地上，一地的麦子，身首异处，齐刷刷站在盛夏的田野里，那些不屈的头颅仿佛依然在呼喊："你们不要走……"

喊声很快便被一阵热风卷走了。那些种植它们的人正忙着把一些麦粒装进袋子，他们显得十分匆忙，边装袋子边在发着感慨，啥时候这些土地能被开发商征去，那该有多好！

雪在跳舞

我背着书包往回走,空荡荡的天地间就我一个人,雪在我的前面跳舞,在我的后面跳舞,在我的头顶跳舞,在我周围一切可以伸展腰肢的地方跳舞,它们多么快乐呀!和雪在一起,我就不会孤单。

路边荒坡上的枯草似乎从来没有这么美丽过,它们的发髻上插满了雪花,一片片的雪花还正往上飞,落在它们的发髻上,比春天的蝴蝶还多,还要耀眼,还要美丽。它们有的身上已经挂起了透明的冰球,活像一颗颗玻璃心,看到它们,我都要流泪了,我想,它们看到我时是不是也是这样想的——这个小姑娘,透明得像块玻璃。

我还那么小,就被一个群体隔离了,他们没有人愿意和我说话,长长的四十多分钟的放学(上学)路一直是我一个人寂寞的旅程,雪花来了,我的心就被它填满了,严严实实的,装不进任何纷杂的人和事。雪是这天地间的火焰,那火苗蹭蹭蹭地往上蹿着,烧得我心暖暖的,思想也跟着它满山坡地跑。

雪落下来的时候,我感觉自己就是那个童话里的白雪公主,这时,我的眼前总会跳出七个小矮人来,他们多么可爱呀!他们走在我的前面,走在雪地里,雪也在他们的头顶跳舞,他们抱着一窝窝暖雪跳,我的心也要跟着跳起来了。我突然觉得在学校组织的那个新年晚会上,我都可以有勇气拿出一个属于自己的节目了,拿什么节目呢?对,就舞蹈吧,像雪花那样跳跃、旋转、飞舞,我甚至听到了那些从远方传来的掌声,一阵比一阵热烈,海浪般,一寸寸涌上我情感的河床,击得我心花怒放。还有,那个我仰慕已久的数学老师,在这个班级里,当所有的人都嘲笑我的木讷时,他是唯一给我以鼓励、安慰的人,虽然,我从来不敢抬头看他一眼。

他说:我很可怕吗?

我低下头，抠着衣角，不吭声。

他说：要自信，你会很优秀的。

我依然抠着衣角，用了好大的力气点点头，我发现自己把自己的嘴角咬破了，却没有发出一个音来。那种痛的感觉竟然可以回味无穷。

此刻，他的声音，还有我的那份羞涩、那份痛感在雪地里竟河流般地淌了过来，那份暖暖的感觉，要把我淹没，幸福瞬间传遍全身。

雪花在跳舞，我心在跳舞。

只有这圣洁之地，才能搁浅我的思想、我的欲望，甚至年少的我难于说出口的种种无端的爱与忧伤。

我是多么的害羞，又是多么的狂喜，雪地里我还看见了那个爱我的白马王子骑马踏雪而来，随着那哒哒的马蹄声愈来愈近，我分明看到了他白色披肩在飞扬……而脚下，我的七个小矮人正拍着手在雪地里欢呼雀跃……

暮色已经落下来了，对面的村庄已经呈现在我的眼前，我看见了母亲烧炕的烟雾正袅袅飘向村庄的上头，一片片雪花依然在烟雾中跳舞，朦胧而清晰。

没有人明白，这个性情孤僻木讷的小女孩，在一个雪花飞扬的荒野里，心海奔涌的是怎样汹涌的波涛。

雪依然在下着，它跳舞的姿态毫不因为黑夜的到来而放慢了节奏，密密匝匝地拥了过来，都要把我的小腿淹没了。进屋后，母亲一边拍打着落了我一身的雪花，一边不停地絮叨着："天黑了，雪又下这么大，你就不害怕么？"

我扭头看着窗外的天空，此刻，雪花正在我家的瓦楞上跳着、舞着，望着我笑。多么美的精灵，我怎么会害怕呢？

而我又觉得它们多像奶奶旧时用过的木梳，把天地间梳理得齐齐整整，世界简单到只剩下洁白与幸福。

风在大岭堡跑

我和母亲刚到大岭堡，就看见风从沟底冲了上来。风卷着落地的叶子，卷过荒草，掠过一层层阶梯一样的高塄坡直愣愣扑了上来，像一个狂人，抡起它锋利的刺刀乱砍一气，杀气腾腾。

我看见，它抓起一块苇丛的头发，然后向天空抛去，嘴里发出一阵狂笑，像野人的叫声，那些芦花便开始在天际间四处飘零，仿佛一个个找不到母亲的孩子。就这还不罢休，它肆意扳动着苇丛的身体，任它一会儿摆过来，一会儿摆过去，可怜的苇丛，已经无法为自己的命运做主了，在狂风的肆虐下，这些柔弱的、柔软的个体，已经顾不得什么了，只有拼命地把双脚插进土壤，让风拔不动，它们坚信，只要根在，种族就不会灭绝，来年春天就可以一样的郁郁葱葱。和"人活一世"的仓促相比，只要大地依然轮回，草木何止一秋？人，有时不及一株芦苇。

大岭堡上长着一堡子的洋槐树，许多年了，它们开枝散叶，这堡上早已成了一片槐树林，一个槐树的家族，一地槐树的海洋。这些槐树的家族该有多大的实力？可狂傲的风什么也不怕，它们依然肆无忌惮地冲入这林间，在这个初冬的午后，扫起一地的落叶，那些落地的叶子便跟着四处逃，被卷得这儿一堆、那儿一团，终究没有一棵树可以护佑它们在自己脚下栖息。风卷着叶子跑，风也拽着这些已经干枯的树干在跑，用它们锋利的剪刀把这些槐树的枝丫剪了下来，于是这林间便开始传出树枝断裂时噼噼啪啪的声音。风在吼，槐树林陷入一片巨大的哭声当中，只是那些坚硬的树身还在，几十年了，根扎得太深、太粗壮，风真的拿它们毫无办法，只是绕着这些带刺的槐树吼着、拍打着，却并不能拿它们怎么样。

我是真的不知道这些野风为什么有那么大的怒气，北方的冬天已经很可怜了，可它还要给这个可怜的孩子带来这么多的肃杀之气。风在大岭堡跑时，路边那些干枯的蒿草、枣树、枯藤都吓得跪倒在地向它求饶了，可它就是听不进去，依然在吹着、怒号着，撕扯着这片大地。动物们在这个时候哪里敢出来？它们钻进洞里，屏住呼吸，静静地听着外面的变化，这时候，它们最感慨的是大地的神力，它不但使万物生长，更如慈母般伟大，在狂风肆意到来时，又可以把它们幼小的身躯紧紧地裹着，令它们不受一点委屈。

那天，风在大岭堡跑时，母亲背着一个大背篓，准备和我一起扫回这初冬的槐树叶。我们先是用一个竹耙把这些叶子拢成一小堆一小堆的，还没来得及装进背篓，这狂风、这恶魔般的风就横冲直撞地过来了，击得正在劳动的母亲打了个趔趄，我拽着母亲的衣角，吓得哭了起来。风用它的刀子割我的脸，生疼生疼的。母亲急急抱着我背着风从林里往外跑，我只听见风在后面号叫着，夹杂着树枝断裂的声音，奏出一段杂乱和悲凄的乐声。我把头埋在母亲怀里，母亲把头埋进膝盖里，她的头上已经多了一个四角的红围巾。

过了一会儿，我突然就听不见了这夹杂着各种哭声的悲戚的音乐。我从母亲的怀里抬起头来，我看见，我们来时背的那个背篓，被一棵槐树挽留了，它躺在那里，对着我们笑，像亲人投来的目光，我也微笑着回它一个同样的表情，仿佛这天地间风从未来过。

雪落村庄

　　一定是需要这样的一个时令，这样的一个村庄，如春天花丛里一群蝴蝶般翩跹起舞的雪花，纷纷扬扬，在天地间纵情地徘徊，才会构成这样的一幅水墨画般飘雪的村庄，让我一次次地醉心其中，欲罢不能。

　　我是那样地倾情于我的村庄，似乎没有什么可以与它相媲美了。那些零落而井然有序的矮土房，就像村里七姑八婶九婆亲切而温和的脸庞，那种无处不在的温暖的感觉触手可及，而这时，村庄的上头飘飘洒洒落下了一层又一层雪花，已是美到极致了，在我眼中，它们洒落在这尘世间的就是庄户人洁白而简单的思想，是圣洁的精灵，那种暖暖的、柔柔的、亲切的感觉依然在心头萦绕、盘旋。

　　记忆中落雪的村庄依然有母亲奔忙的身影，她头顶着一条蓝色的四方围巾，围巾从中间折成三角形，包住了头脸，煞是美丽。庄户人家冬天最馋人的就是有一个温暖的土炕，而烧炕用的麦草、麦衣子（麦子壳儿）都需要去离家大约要走五分钟的场院里取。场院很大，是夏天家里碾麦子的地方，冬天的时候，便堆起了两个垛子，一个是麦草垛，一个是衣子垛，麦草是用来引火的，衣子煨火。于是母亲每一次去场院时，都会提着两个竹篮子，一个里面塞满了麦草，一个里面是煨炕的衣子。麦草垛擩得很实，母亲每撕够一笼子麦草要费很大的力气，而衣子也很脏，有时候里面还拌些干牛粪，母亲每次提着两个拌笼出来时，那蓝色的围巾上总会沾上几根麦草或星星点点的衣子，洁白的雪花落在她的头上、眉上、脸上，还有上面开满碎花花的大襟棉袄上，走在雪地里，和落雪的村庄组合，形成了一幅古典美丽的画面，尤其是她那一脸娇羞，已经是画中绝美的一笔了。小时候，我总是那样的喜欢趴在土炕的窗棂上，看外面飘落的雪花，看烧炕的母亲披一肩雪花，从院子的那边走来。记忆中，母亲的身体中总是带着一股暖流，和她趴在炕眼前点燃的柴火一起散发着滚烫的热,温暖着整个季节……

其实,我趴在土炕窗棂上看母亲袭一身雪花烧炕的日子是极短暂的。后来,我上学了,通往村校的路足有五六里,一年年,一场场雪花从村庄飘过时,我大多时候徘徊在村口那片落雪的梧桐林,那些梧桐树是春天时父亲、母亲和哥哥们一起栽植上去的,父亲说那是一片经济林,有了它们,我们家几年后的日子再不用愁。可这一切与我无关,我喜欢这里,只是为了倾听落雪的声音,此时,那一大片如羽冠般美丽的梧桐叶子早已凋谢了,但雪花落在梧桐林的声音较之其他依然清晰而又亲切。脚下的枯草,因为雪花的到来,竟也一夜间变得妩媚起来,如一簇簇白花在林间绽放,偶尔,一块块冰凌在草尖结成了琥珀般晶亮的雪球,又是另一道奇观,这一切足以让我一次次地迷醉。记得那时候,每一次雪花飘起的日子,我都喜欢长久地在雪中伫立,听林中雪落的声音,希望这可人的精灵能为我披上一件花朵的白衫,想象着自己身后跟着七个小矮人,有着爱我的王子骑马踏雪而来,看见我白色披肩在飞扬……然而"哒哒"的马蹄声始终未见,只有林中落雪的声音一次次在耳畔回响,一片、两片,簌簌又簌簌,在只有我一个人的林间……

飘雪的村庄,农家的土炕前又是另一番热闹,窗外是纷纷扬扬雪花飞舞的迷离世界,屋内却弥漫着温情、诗意与浪漫。村庄永远是一个温暖的壶口,这一壶滚烫的心泉足以使整个冬日及所有因人心的隔离而造成的不快和误解冰释。土炕前女人开始纳鞋底、做针线,在飞针走线中融入了对新生活的期盼,男人便开始蹲在连炕的角地里编席,他们把一年来重复的忙碌从田地里、院子里搬到了室内,庄户人家始终认一个死理,只有劳动能创造财富,勤劳的人就不会饿肚子,他们恨不得把时光分成秒来完成,不允许一刻的浪费。而炕前的藤椅上,年过七旬的老爷爷点燃一锅烟,望着窗外漫天的雪花,抚摸着小孙孙的头,满脸笑意,赞叹着:"这一场雪多好呀!旮旯角落里那几块旱地终于可以盖上厚厚的一层被子了,明年我孙娃子就可以吃到白馒头喽……"

当雪花开始一场场飘落在村庄时,一切沉寂的心事也开始变得活泛起来了,那些平时和父母一起忙于农活的村里的大姑娘、小媳妇们终于有了闲空,便按捺不住激动的心情,她们自行分成一拨一拨,坐在谁家的土炕上为心上人纳鞋垫、织毛衣，一起嬉笑着、打闹着。姑娘们叽叽喳喳聊着未过门的夫婿，哪个俊，哪个美，哪个一看就是个将来会疼媳妇的主，直聊到对方脸红到耳根，拿起鞋垫子捂住了脸，半天放不下来……人说少女情怀宛如诗意，那份娇羞如此美丽！而此时，小媳妇那边则是另一番景象了，她们在惦记着，外出打工的丈夫在外面是否受冻？那双破棉鞋里的脚趾头可曾露出来？毛衣领子一定很脏了吧？她们惦记自己调皮的孩子在上学路上，雪花是否会钻进棉鞋？尔后，不知谁冷冷地说出一段"荤笑话"，惹得大家笑成了一团……飘雪的日子，农家的土炕前总是洋溢着欢乐和浓浓的温情。

　　飘雪的村庄永远笼罩着欢快的气氛，远远听见对面山坡上传来阵阵嬉闹声，那是孩子们放学归来的声音，这时候，那个在土炕上做针线的母亲便开始下炕为孩子准备丰盛的午餐了，别以为她们行动得太慢，这些顽皮的孩子真要回到家还得好一阵子呢！当第一片雪花飘落村庄时，他们心头的幸福就已经开始被一寸寸地点燃，好不容易逃出校园的"樊笼"，他们就像一群脱缰的小骏马，在雪地里奔跑着、呼喊着，打雪仗，堆雪人……当被大人们发现时，对面山坡已经被踩成了一个溜溜坡、滑冰场，他们乐此不疲地在上面往返滑冰，在一片欢笑声中享受着落雪带来的欢愉，直到谁家的母亲站在家门口一次次呼唤她孩子的乳名，大家才作鸟兽散，各自忙着赶回家吃饭。就这还不过瘾，吃完饭后，当雪花依旧在村庄飘落时，他们又想出了一个更加绝妙的办法——逃学。几个调皮鬼偷藏在一个旮旯里，等下午上课的时间已过，当路上再也找不到行人，当村庄又一次陷入沉寂，他们才跑了出来，开始了雪地里的又一次狂欢。多年后回想起来，原来这才是最值得回味的童年……

　　许多年后的某个飘雪的日子，当我以志愿者的身份铲除这座城市街道上的积雪，抬头望见从都市楼顶的缝隙跌落而下的积雪时，心却又一次回到了廿年前那个飘雪的村庄，想起了"孤舟蓑笠翁，独钓寒江雪"。我心头竟飘过一丝莫名的感伤，不知道，隔着悠悠岁月的河，我是否还会钓得彼岸的一片雪花，捧在手心，细细把玩？还有那颗如雪般洁白的童心，在飘雪的村庄跳跃……

　　这感觉，就像我这许多年一直想要牵着你的手，不离不弃，相拥幸福，岁岁年年……

行走的老黄牛

"辽阔草原，美丽山岗，群群牛羊……"小时候喜欢扯着嗓门吼几声《草原牧歌》，几番陶醉，眼前闪现出的其实是一种美丽的幻境。家乡的草原上大多是羊群，而我的老黄牛仿佛一直都在行走，忙忙碌碌，除非躲在黑夜的牛圈里饮食、睡觉，或者舔舐生存的伤口，其余所有的时间几乎都用来行走了，一直走，一直走……

当黄牛一声长"哞"，叫开乡村黎明的大门，月亮"咣当"一声便从牛犄角上坠落，属于牛的漫漫征途便开始了，迎着黎明的曙光，踩着草尖的露珠，以耕耘者的姿态整装出发。

黄牛拉着笨重的犁铧，和主人一起走出农家的街门，走过门前的槐树、柿子树、核桃树，走过乡村的羊肠小道，也走过芳草遍地的原野，在一个地畔前停了下来，它再一次举目望了望四周依然香气扑鼻的原野，馋得涎水都流出来了，在嘴角扯起了长线线。一路上，有几次它把头低下来，想尝尝路边的野草，这些属于它的美食，却怎么也够不着，出门前，它的嘴被戴上了笼嘴，它的脖子被套上了轭头，为了不耽误农作，主人是不允许它半路"偷吃"的，有太多的"使命"，需要它在不断地行走中完成。

《荀子·王制》曰："春耕、夏耘、秋收、冬藏，四者不失时，故五谷不绝，而百姓有余食也。"而"春耕、夏耘、秋收"这环环相扣的季节的更替，又有哪一个离开过老黄牛的行走？广袤的原野上，老黄牛拉着笨重的犁铧在田野间一步步行走，循环往复地行走，从地的这头走到那头，又从那头回到这头，一寸寸板结的土地在老黄牛拉动的犁铧下，在它永不停歇的行走里松软，播上了种子，种上了粮食，种下了这黄土高原上祖祖辈辈的日月轮回。播种时它在地里行走，把一粒粒的种子埋进了土壤；秋收时它在路上行走，把一茬

茬收成拉回了村庄，拉回人家的场院。碾麦场上，它依然在行走，一圈一圈地，就像永远也走不出的轮回。冬天来了，雪落了一院子，是该歇歇了，可也就只是喘口气的工夫，农人又赶着它把攒了一年的牛粪拉进了地里。这永不停歇的轮回哦！永不停歇地行走，穿透老黄牛的一生。

生活在这片大地上的生灵还有没有比老黄牛更无私、更伟大的呢？

鲁迅先生说它"吃的是草，挤出来的是奶"。

一位外国诗人说："在被遗忘的山路上，去年的牛粪已变成黄金。"对于故乡的父老乡亲来说，从来不曾想过要将牛粪变成黄金，只知道牛粪是地里上等的肥料，晾干后是冬天煨炕很好的"柴火"，它烧的炕不温不火，忒舒服。

而在我几乎所有的记忆里，却只有它的行走。

再后来，一根"现代文明"的"牛鞭"把它们赶出了乡村，它们去了什么地方呢？我却无从知晓。我只知道，那些个曾经和它们一起下地的农人也在一天天地走出村庄，去了那个似乎永远也不会真正属于自己的一个叫"城市"的地方。

多年后，当一次次地在酒店的餐桌上见到一盘盘味道鲜美的牛肉时，我突然心悸，这不就是我家乡的老黄牛走来的身影么？原来这么多年，它一直在行走，走出乡村，走进大城市，走进千门万户，正在以另一种存在做着生命永恒的奉献。

我的善良的、可敬的老黄牛哦！

而夜夜梦归时，我还会看到我的老黄牛，它正站在村口盛夏的树荫下，在我走过的路旁，眼睛潮潮的，它在哭，清澈透明的双眸里正晃动着黄土地的影子……

陪父亲看戏

热浪像秋天的老虎四处撒野,太阳依然火辣辣地炙烤着大地,把靠南边的戏台照得金光光的,父亲与许多和他一样的戏迷们坐在戏台下,目不转睛地瞧着舞台上的表演,无视"秋老虎"的横冲直撞,无视他年已80岁还坐在烈日下身体的康健,更无视我们兄妹数次催回家的电话。

哥说:"爸,太热了,您出来,我开车接您回家。"

老爸说:"戏正唱到稀罕处呢!我不想走,而且会场人太多,我也不好挤出来。"

我说:"爸,那我进来,扶您出来?"

爸说:"好不容易占个好位置,出来位置让别人占了,多可惜。"

戏台靠中央的位置是父亲开戏前一个小时就坐在那里占有的"风水宝地",他这个戏迷自然还是舍不得离开。直到中午1点多,戏终人散,我们才得以接他回家。

我说:"爸,下午好好在家休息,攒足精神,晚上我陪您看夜戏。"

"好!"老爸竟意外同意了,那神情,很像一个听话的孩子。老爸做梦也不会想到,我白天不愿去戏场,是怕被"秋老虎"伤了皮肤。

晚上,老爸和以往一样,提前一个小时就拉着我去看戏。夜戏7点半开始,我们6点半到场,戏场已经坐了好多人,但基本上都是老人。望着搭在露天大场院里的戏台,我才突然明白,这里的确有老家过庙会时才有的感觉,露天舞台搭在一大片黄土地上,亲切得仿佛父亲此刻正在与过往握手。流落在城市的老人们也许不只是为了看戏,而是在寻找另一种乡愁吧!他们哪里知道,这一片平地也将要很快被开发,不日又将变成一片钢筋水泥铸成的楼林,终究还将归于城市的脾性。

当我这样想的时候,舞台上的夜戏已经开演了,敲锣打鼓,一样的热闹。夜戏是秦腔《火焰驹》,我这个自认也算是半个戏迷的人竟然没看过,但西安易俗社的演员演得是真好!再加上新式舞台,两边柱子上有电子字幕,倒也可以看懂一些。

但父亲懂,懂舞台上正在演什么,还知道剧情的发展,并乐于分享。于是我陪父亲看戏,便被赋予了新的意义。

我说:"爸,为什么这戏名叫《火焰驹》?"

老爸说:"火焰驹是一匹日行千里的马。"

问:"为什么要以这匹马做戏名?"

答:"因为没有这匹马送信,李彦贵(主人公)就不会得救,李家就不会申冤。"

"哦。"我回答着,边拿出手机,看信息。

老爸说:"把手机放下,看戏时看戏。"

我说:"怕有啥事。"

老爸:"能有啥事?看戏!"

老爸说着,突然就生气了起来,指着舞台上说:"老东西黄章真不是个东西,看李彦贵家遭难,就想毁了彦贵和他女儿的婚约……真不是个东西!"

我说:"爸,我以为你生我气呢!这舞台上的戏,有啥值得您生气的?这是剧情矛盾冲突需要,不必为古人操心。爸,您坐好,我给咱俩自拍张照,记录下这戏场的热闹。"

老爸说:"有啥可拍的,看戏。"

老爸又说:"黄章老东西使坏没用,人家女儿一心劲着呢!"父亲说着已经开始面露喜色。

我看见舞台上正演着李彦贵卖水时遇上了前来相会的未婚妻黄贵英,两人正诉说衷肠呢!

我说:"爸,今晚这戏场,您是最佳观众。"

老爸说:"戏迷没最佳,看戏。"

我说："老爸，明天演《回荆州》，我继续陪您看戏，到时，你给我好好讲讲"。

老爸终于把目光从舞台上移了下来，嗔笑着说："《三国演义》上刘备和孙夫人回荆州，'周郎妙计安天下，赔了夫人又折兵'的故事你都不懂，书白读了。"

我没回答，偷笑。面对回过神来的父亲，拿起手机，"咔嚓！"为我和他自拍了一张。

父亲说："你又不用心了，拍这干啥嘛？"

我说："爸，咱看戏，看戏，戏正热闹着呢。"

放羊

我们村的孩子学龄前都在山上放羊。在那些个农活比山上的草还要密实的日子里，放羊该是专属于孩子们的福利了。

那些个早晨，我几乎都是在母亲催着去放羊的叫声中醒来的，被邻居孩子扯着嗓门叫一起放羊的喊声中醒来的，当然，同时催我起来的还有圈里羊羔羔"咩咩"的叫声。羊的唤声最温柔，落在耳中，滚在心里，心就痒痒的、暖暖的，有一种手摸在羊毛上很妥帖的感觉，我知道，它们是饿了，叫我带它们去山上吃草呢！于是，那似乎永远没睡饱过的惺忪的睡眼，一下子亮了起来，我一骨碌从炕上爬起来，穿好衣服，脸也来不及洗，就赶着家里的两只羊和伙伴们一起出发了。

出门是山，山上有青草，更有羊群。虽然我只放了两只羊，但一个村的小伙伴们的羊聚集在一起，就是一个庞大的群体，就是一片白色的海洋。

羊在山上吃草。一群羊在山上吃草。

一群羊在山上吃草，远远望去，像一块绿白相间的花布披在半山坡，风一吹，那花布上的白点就不断地浮动，极不规则地美丽着，好看极了。一不小心，还以为是天上的白云落在人间，这里一朵，那里一团，只是那云的底色已换成绿色，夹杂着草香、花香，慢悠悠地在沟里飘。

一群羊在山上吃草，更像一簇簇行走的棉花团，一会儿滚落在这边，一会儿滚落在那边。"棉花"偶尔会朝着天空叫几声，发出吃食的快乐。我真担心，它们随时会掉下去，从山顶掉到沟底，就像秋天崖边的红柿子，从树上掉下来，摔成八瓣。那样的话，回家去，父亲会很生气的。于是，我死盯着它们，不让它们往崖边跑。

我盯着羊在山上吃草，我看见它们很专注的样子，它们的牙齿好锋利，

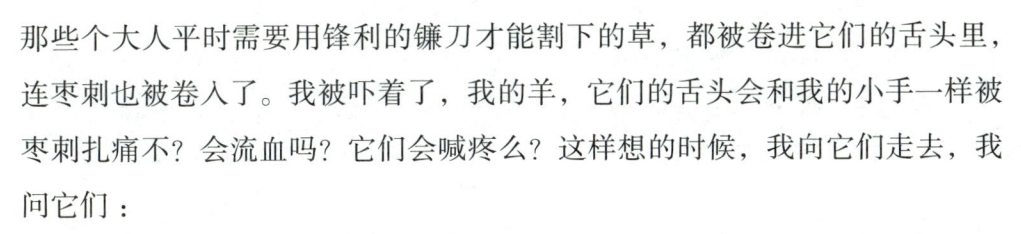

那些个大人平时需要用锋利的镰刀才能割下的草,都被卷进它们的舌头里,连枣刺也被卷入了。我被吓着了,我的羊,它们的舌头会和我的小手一样被枣刺扎痛不?会流血吗?它们会喊疼么?这样想的时候,我向它们走去,我问它们:

"枣刺扎着你们了么?"

"乖乖,张开嘴,我看看,流血了没?"

"疼不?"

它们依然在埋头吃草,仿佛没听见我说的话。

我就有些生气了,突然就大喊了起来:"你们听见了没有?"

我想起家里炕上年过七旬的爷爷,我们说啥他都听不见。母亲说,那是爷爷老了,人老了就啥都听不见了。

可我的羊还这么年轻,都比我还小许多,可它们这么早就老了,我难过得都快要流泪了。

我又走近一步,像趴在爷爷耳边那样,又叫道:"你们听不见我说话吗?"

它们一定是被我的样子吓着了,却也给我了很大的"面子",抬起头朝我"咩咩"地叫着。

我看见,它们的舌头上没沾血,它们是笑着回复我的"吼声"的,它们的舌头不疼。

我看到了,它们的眼中射出一种光芒,水盈盈的,像山涧清澈的流水。

此后,我再也没有见到过那么清澈、纯净的光芒,那是我生长在北方的善良的羊的眼神,圣洁如处子。

多年后,无论我流浪于何方,总会想起家乡山坡吃草的羊群,像一幅画卷,挂在心间,在我愈来愈浓的乡愁里,飘过来,飘过去。

终于明白,我只放了几年羊,却被羊放养了一生。

有没有一头猪可以寿终正寝？

上学后，我就没时间放羊了，但我得每天赶在上学前为家里的猪拔回一篮子猪草。

土地真的是一个聚宝盆，走到哪里都能找到我喜欢的猪草，马齿苋、苋苋草、打碗花等年年生长，供我们采，成为我家猪圈里猪们的美食。可不知为什么，我拔猪草的速度总是慢，每天篮子里的猪草还没满，对面山坡上已经有背着书包去学校的孩子了，回家去狼吞虎咽一番就急急背着书包出发了，然后迟到，被罚站……回家后哭着对母亲说再也不去拔猪草了。可第二天醒来，就把头天的委屈忘得干净，又去了，我还是放不下猪圈里那个小生命的肚子，看着它一天天长大，胖嘟嘟的模样，心里就有了喜欢与欢喜。

四婶笑着说："长大了，找个猪样肥头大耳的男人给你当女婿。"

我知道四婶说的是猪的健壮，那个年代，大家都被饥饿折磨得瘦着肚皮、皮包骨头，只有我的小肥猪圆嘟嘟的，人见人爱。女娃子相亲，家人总喜欢给找个"长得敦实的""有背头"，村里人说的"有背头"指的就是肩宽体胖、能"扛事"的男人。

我才七岁，对四婶说的那些话自然不懂，也无半点兴趣，心里却在嘀咕着，我的可爱的胖嘟嘟的小肥猪，父亲会不会年底又把它杀了。每次猪把圈里弄得很脏的时候，母亲总会骂上一句，"你这挨刀子的货"。

我听着听着就哭了起来。我想起去年年底家里杀猪的情形。

过年前那几天，我们家猪的伙食也有了很大的改善，母亲总会在我拔回来的猪草里面拌些杂粮，猪吃得津津有味，几天日子，身材就像一个圆球，几乎要滚起来了，却越发可爱了。它自己也仿佛开心了许多，见了人，挪动着那圆嘟嘟的胖身体，"哼哼哼"地多打几声招呼，仿佛在表达"伙食改善"

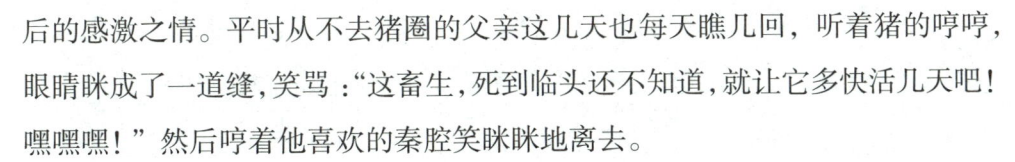

后的感激之情。平时从不去猪圈的父亲这几天也每天瞧几回，听着猪的哼哼，眼睛眯成了一道缝，笑骂："这畜生，死到临头还不知道，就让它多快活几天吧！嘿嘿嘿！"然后哼着他喜欢的秦腔笑眯眯地离去。

时间转眼就来到腊月将尽的日子，年味已经越来越浓了。我从外面玩耍回来，看见院子里围了许多人，村里的七叔和牛娃哥还有父亲都在我家猪圈里追着我的大肥猪，别看这猪平时走路都困难，可被几个人追着，就满院子跑得人撵不上。追的人满头大汗，嘴里骂着，"真是个挨刀子的畜牲"，猪屎踩了两脚，惹得旁边看热闹的娃娃们大笑，我也为我的大肥猪的"勇敢"乐了起来。

"你们就欺负媳妇儿劲大，都闪一边去。"人群里突然就闪出一条道，我看清了，来人是邻村屠三，我一下子惊出了一身汗，方知我家胖猪命不可保，那可是我辛辛苦苦拔了一年草才喂大的猪仔呀！

屠三跳进猪圈里，瞅准我家大肥猪，猛地弯腰，双手提起它的两条肥后腿，但见它号叫着、挣扎着、扑腾着，前爪还在猪圈里滑着，身子硬是被拽了出来。接着一伙人一哄而上，有七叔、牛娃哥，还有爱我的六伯、八爷、强强哥，他们一齐提猪腿、揪耳朵、拽尾巴，把我家大肥猪按倒在一个四方桌子上，任它"嗷嗷"号叫。屠三左手扳住猪嘴，右手紧握尖刀朝它脖子刺去，一股猪血突突喷出，大肥猪先是号叫着乱蹬腿，做着最后的挣扎，可慢慢地就叫不动了。大伙将没了气息的猪抬到院子里的大口锅中用开水烫，烫完用拳头大的砾石捶打着褪猪毛。等猪毛褪净，屠三用尖刀开肠破肚掏内脏，我家大肥猪的身体被四分五裂地瓜分着……

我没有见过比这更惨痛的事情了。

我发誓再也不拔猪草喂猪了。可第二年看到圈里那个新的小生灵，我又一次心动了。老人说"娃娃不记仇"，其实那是童心未泯，大人不知道，童心才是金子。

长大后，我才知道万物皆有一死，而猪的死亡却一直在人们的掌控中，属于"非自然死亡"。

佛说"众生皆苦"。而那头一生都在"吃了睡，睡了吃"中度过"幸福猪生"的猪，在最后的那一把刀子穿透喉咙的号叫中，是不是也算是完成了"苦"的劫数？终究是猪的幸福一生都在人类的供养中，我在想，如果它能"自食其力"，命运又该如何？比如远古的山林里那些个自己觅食的野猪。

而我依然不知道，世界上究竟有没有一头猪可以主宰自己的命运，活到寿终正寝？

忠 狗

小时候，村里的狗很多，它们经常活跃于村庄的角角落落，到处找食吃，我印象最深的是村长锁子伯家的狗。

锁子伯家的狗是一条黑狗，毛色光滑发亮，这与锁子伯长年的疼爱有关，锁子伯吃饭时总是喜欢把它叫在身边，旁边放个狗碗，他吃什么狗就吃什么，家里的剩饭剩菜也都让狗吃了。狗不但和他一起吃饭，还学会了和他一样的舔碗。都说"狗改不了吃屎"，可锁子伯家的狗从不吃屎，嘴巴也一直很干净，人见人爱。锁子伯闲下来的时候，还喜欢拿一把老婆退下来的半旧木梳子为狗梳毛，那狗的毛也就一直是顺溜发亮的。这一切都不是关键，最关键的是锁子伯家的狗特别听人话，尤其是它的主人锁子伯的话。

作为村长的锁子伯，有他的骄傲，自然也就有他的烦恼。他是村里百十号人的"家长"，村里百十号人的事他还得管，可这百十号人的事却也不好管。比如谁家儿子婚后要分家了，需要批出一块新宅基地，可村里就那些宅基地，也是有数的。村里分田到户，那些土地有好的，就有坏的，可谁都想要那几亩好的。于是就常有人提着大小不一、多少不等的礼品来他家"串门"，说情。还有些人，儿子找媳妇、姑娘寻婆家的芝麻事，也来找他，说他是村里唯一见过大世面的人，一定会满足他们的某种诉求……刚开始，锁子伯还有一种"高高在上"的优越感，可后来真遇到具体问题，他才感觉到这些个问题还真是个"问题"，搅得他心烦，尤其是"收了人家的礼，办不了人家的事"的时候，再见人家时心里就像猫抓似的。当村长锁子伯正在为这些事而烦恼的时候，看见他的黑狗正目光深情地望着自己，心里一下子就热乎乎的，感激地把狗头抱在自己怀里亲了半天。

村长锁子伯交给了狗一项神圣的任务。

第一辑 这方热土

村民们看见，锁子伯家以往不咬人的黑狗，突然整天站在它家门前，尤其是看见手里提着礼品的人就"汪汪汪"叫个不停，不让那人进门，惹得送礼的人心里像狗刨一样难受，于是就站在锁子伯院墙上面的土崖上一声声喊叫着："村长叔——村长伯——锁子大哥——锁子爷——"可再怎么叫，屋里就是没动静，只有黑狗更加卖力地"汪汪汪"叫着。

狗在一声声"汪汪汪"里为主人把着门户，解除了主人诸多的烦恼，却为自己埋下了祸端。过去谁去村长锁子伯家，不夸几句这只"温顺、漂亮、人见人爱、花见花开"的狗，可如今这狗却成了大家心头的刺。再后来，有人就想了个办法，在白馒头里面夹了老鼠药给黑狗扔了过去。

人常说"肉包子打狗有去无回"，其实白馒头打狗同样的没得回去。黑狗也只是一条普通的狗，不管它多么忠于主人，可还是没有抵得住一个"白馒头"的诱惑，很快，一命呜呼。

村长锁子伯伤心极了，他把狗埋在了门前的柏树下，隆起的坟包上插上了一个木牌子，上书"忠狗"。

至此，锁子伯再不当村长了。一有空，他就一个人坐在狗坟前发呆，村里人说，锁子心里苦，正在跟忠狗掏心掏肺呢。

小黑的墓

鸡的隐喻

每每想起家乡的鸡，我常常会想到一些传统的东西，比如许多年来，一直生活在故乡这片土地上的男人和女人们，还有一些关于鸡的隐喻。

那些公鸡们拥有与生俱来的霸气。它们天生丽质，拥有漂亮的羽毛，高高竖起的红鸡冠，像一面王者的旗帜，无论走在哪里，都自信地飘扬着。它们有着强健的体魄，一双健美的腿，走起路来挺胸昂头，迈着沉稳而自信的步伐。在乡间，我们总会看见这些健壮的、美丽的生灵，这些骄傲的大公鸡，给人以激情澎湃的感觉，一些奋斗的勇气。

而这些又怎能诠释得尽它的美？

"雄鸡一唱天下白"，它是黎明到来之前最优秀的号手，是传递幸福的天使，是来自我故乡的一个个美丽的歌手。清晨，当万物都还在沉睡中，当一切混沌的、迷蒙的、慵懒的，甚至沉醉于一些虚幻的梦境中的思维都还在继续着它们的混沌、迷蒙、慵懒和梦的虚幻之美时，以及那些依然在黑夜里跋涉的苦难者，都会在它那一声声鸣叫声中清醒。"喔——喔——喔！"为了黎明前的这一声鸣叫，它伸长了脖颈，鼓足了鸡腮，做足了站立的姿势，多像沙场锤炼过的士兵。那叫声热烈、雄浑、激昂，响彻村庄，穿过天空高高的云层，一唱三叹，回环往复，落在黎明到来后开始沸腾的人间，清澈而又响亮。于是那些打柴的、犁地的、放牛的、赶羊的、扫院子的、做饭的，都起来了，开始了新的一天的忙碌……一个热气腾腾的日子，在它的鸣叫声中拉开了序幕。

真的，离开乡间后，我再也没有听到过比公鸡打鸣更动听的歌了。那不加任何修饰的天然的绝唱，那绝唱里的生命的律动，是村庄的魂，无论日子多么的苦，但只要是听到那一声雄鸡叫，新的一天依然沸腾，流浪的灵魂便开始有了乡愁的皈依。

这些自信、热情、高昂、奉献的雄鸡们，不就是独属于这片土地的北方汉子的性格吗？

相比之下，母鸡的存在却又是完全不同的，它们是低调的、含蓄的、内敛的，是静中的动、柔中的刚，有着一切母性的刚强与柔韧，是我们唯一愿意醉在爱的乡愁里，不愿醒来的风景。

在故乡，我们总是会看到一只老母鸡带着一群小鸡啄食的情形，在农家的院子里、门前的田地里、场院的麦草垛前，总会看到它们的身影，那些小鸡娃还是刚刚出生不久的雏鸡，黄澄澄、毛茸茸的，小到可以在我们的掌心里跳舞，真是可爱极了。此刻，它们正在被自己的母亲带领着，四处觅食吃。"咯咯咯"，老母鸡一边走一边呼喊着自己的孩子们，它们一起寻找院子里主人遗撒下的粮食、糟糠或者剩饭，实在没办法的时候，老母鸡会带着孩子们去地里找虫子吃。"一辈子都在土里刨食吃"是它们的命运，也是它们的生活方式，但它们从没抱怨过什么。我看见，当中途歇息的空间，当突然间天空中划过一道闪电，响过一声惊雷，当黄昏到来的时候，母鸡总会张开翅膀，为孩子们撑起一把"保护伞"，把它们紧紧地拥在怀里，每每这时，总会有一种很温暖的感觉涌上心头，我想起了我的母亲，普天下所有的母爱竟如此相似。

多么可爱的母鸡们，给它一粒"种子"，她就可以生产出营养丰富的鸡蛋，就可以拼着命孵出一窝子小鸡，并教它们觅食，护养周全，何其伟大？在乡下，在这片贫瘠的热土上，是它们用卑微的生命，创造着一个既属于鸡类也属于人类的母性的历史，平凡而又伟大，温暖而又圣洁。

这些美丽、温柔、慈祥、勤勤恳恳、无悔付出的母鸡们，不就是在这片土地上生活的无数个母亲么？它们无时无处不在张扬着一种母性的圣洁之美。

真的，每每看到眼前的这些鸡们，总会想到这片土地上的父亲和母亲、男人和女人。那些关于鸡的隐喻，那些朴素的美丽，构筑了乡村鸡性或人性之美。

猫 性

就像牛要耕地、羊要产奶、猪要卖肉、鸡要产蛋和打鸣一样，猫是需要逮老鼠的，村民家里囤的粮仓离不开它的守护。故乡的动物没有一样是可以作为"无为"存在的，它们和父老乡亲一样，守护着这片大地，细数着这片大地上的光影流年。

我家养的是一条黄白相间的小花猫，毛色很美，再加上婆的疼爱，它的身上很干净，要多可爱就有多可爱。我们小孩子特别喜欢，一有空就跑去"喵喵喵"地喊着逗它玩，常常会抛给它一个沙包或者小圆球，它就真的很开心，守着一个滚动的圆球追过来、追过去，不亦乐乎。

我们是婆的宝贝，小花猫也是婆的心爱，晚上睡觉，我喜欢睡在婆的身边，小花猫就卧在我和婆的中间。我钻进被窝，趴在炕上，一只手翻阅着一本借来的小人书，一只手抚摸着小花猫光滑的毛，它就真的静静地卧在我身边，偶尔伸出舌头舔舔自己的脸和嘴巴，陪着我读书，一副悠然自得的模样。然而，它陪着我读书时却又不是十分专注，它高高竖起的耳朵其实一直不曾闲着，偶尔听到楼上有什么响声，就"噌"地跳下炕去，跑出里屋，一跃身沿着木梯子纵身爬上木楼。楼顶上是我家一年新囤的麦子，这时一定是有老鼠要吃楼上的麦子了，守护我家粮仓一直是我家小花猫的职责，而老鼠也是它的美食，在那个缺吃少穿的年代，抓不到老鼠吃，等于是断了它一半的"伙食"，因为我们这个家，人的伙食也是计划着才能接上来年丰收的。别看我家小花猫平时柔柔弱弱，在履行自己的逮老鼠的职责方面，在为自己的生存而奋斗的过程中，简直就是一位勇士、斗士。

印象最深的是那个漫长而寒冷的冬天，老屋的炕头上却充溢着浓浓的暖意。一个冬天，婆总是把炕烧得暖烘烘的，我们几个小孩子和婆一起盘腿坐在她的热炕头，婆的怀里卧着的还有我们家的小花猫。婆给我们讲故事，讲山里老虎的故事，说是一个年轻人去山里打柴，却不小心被老虎吃掉了。老虎后来很后悔，因为年轻人的老母亲从此没人照应，从此这只老虎就替这个儿子担负起照顾老母亲的重任。老虎每天守在老人家门口替老人看门，还经常会从外面找些食物叼回来让这位母亲吃，老人走路不便，老虎会俯下身背着老人外出行走……比老人的亲儿子还要亲。做这一切的时候，那只老虎眼里总是噙满内疚和善良的泪水。这个故事深深地打动着我们，那只小花猫仿佛也很受感动，它眨巴着眼睛，舔着婆的手，时而发出"喵喵喵"的叫声。我们都没见过真正的老虎，我们见到的老虎是墙壁上贴的年画中的老虎，不知为什么，我们都觉得我家的小花猫就是婆故事里的那只老虎，它有"老虎相"，还有故事里老虎的善良，我们还觉得，眼前的这只"老虎"会把婆的晚年照顾得很好。想到这里，我们就觉得它跟我们更亲了，比亲人还要亲。

　　婆去世后我家就再也不养猫了，也是因为无人照看了，尤其是走进城市后，整天被陀螺般的生活推着向前走，早已没有了当年逗猫的时间和心情了，只是在某一个思乡的日子里，再次回想起老家那只小花猫时，总会有一种亲切的感觉涌上心头。尤其婆讲给我们的"老虎"的故事，让我们在成年后对它进行解读时更多了份深沉的思考：对人性（或兽性）的恶，人们总是带着某种"善"的回归的愿望，并希望在某种近乎童话的故事中完成。

　　而其实在那时，我们已经开始走出这个童话，在我家小花猫的身上，感受到的是童话的真实。

一头生气的毛驴

在一个旅游景区，一头毛驴格外醒目。

它被穿上了花花绿绿的驴衣，头上戴着花花绿绿的驴帽，在一群人的围观中拉着一个石磨盘上的碌碡在转着空圈，磨盘里什么也没有，可它就这样被赶着转着，像玩物一样被人观赏着。

"啧啧！你们看，这头毛驴多奇怪，还穿上了花衣，戴上了花帽，比戏剧里的小丑还小丑。"

"快来看，这里有个打扮时尚的畜生毛驴在拉空磨。"

……

毛驴听在耳里，心却在流泪、流血，是它自己愿意这样吗？主人说，如果不这样，它只有被杀掉做驴肉吃的份儿了。

毛驴很生气，却也没有办法。平生第一次，它明白了什么叫作苟且偷生。

苟且就苟且吧！被人当作玩物它也认了，可为什么偏偏还要遭人嘲笑？嘲笑它这身古怪的打扮，嘲笑它同样旋转着却磨不出面粉。

可这能怪它吗？想当年，它为人类出尽了力气，那些小麦、玉米、荞麦等粮食的颗粒，都在它一圈圈的旋转中，在它拉动的磨盘下，磨成了人类想要的白面粉、玉米糁子和荞面，日子虽然也苦些，心中却是满满的成就感。那时，它是多么的受人尊崇，主人常常会摸着它光滑的驴毛，爱怜地轻轻拍打着它的屁股，赞美它的勤劳。主人每夜都要起来好几回为它添饲料，照顾它像爱护自己的孩子一般精心，就连村里最具权威的村长也会夸赞它，说它磨出的面粉细、好吃。可如今是怎么了，它就沦落成这般模样，成为一个仅供人类调戏的玩物？

这头毛驴越想越生气，可它也只能忍着，把满心的不满藏在心里，它怕主人会把自己杀了吃毛驴肉。为了生存，它只能委曲求全，顺从主人的意愿。

毛驴这样想的时候，一个游客正狠狠地拍了一下它的屁股，踢了它的腿，它就不由自主地拉着空碌碡绕着磨盘奔跑了起来，很滑稽的样子，惹得那个踢它腿的人拍手叫好，旁边的人跟着哈哈大笑，就连它的主人也跟着笑，然后从那个踢它的人手中接过钱币，叮嘱人家常来玩。

毛驴看在眼里，伤在心里。它已经不恨那个踢它的人了，却为它的主人而伤：在那一刻，它发现，那么多年对主人的依恋突然间已化为云烟，他们已不再是当年苦难日子里相依相偎的朋友，而是冤家，他已完全把它当作赚钱的工具、供一些无聊的人取乐的小丑。

至此，这头毛驴是真的非常生气了，它对天发出一声哀号，让眼泪倒流入心。这时它看见一条粗鞭子正狠狠地朝它抽来，而那一瞬间，它什么也不管不顾了，愤怒地伸出蹄子，朝那只挥鞭子的手踢出去……

"啊！"在对方一声疼痛的号哭声中，毛驴感受到了一种久未体验过的舒畅——它终于又一次找回了驴的尊严，任性地活了一回。

走亲戚

老家的年是欢乐无比的，走亲戚无疑是这欢乐年里的一簇幸福的火焰，总把我们的心烘烤得分外温暖。

还没有从除夕夜的欢乐中醒来，初一稍显平静，从初二开始，各家各户便开始走亲戚了。正月初二那天是成年的外甥给舅舅拜年的日子，山巅上，或者人家的屋檐上还积着雪，为新年平添了温馨与浪漫。村庄外，那些羊肠小道、山间平原、沟沟岔岔便开始热闹起来，尤其是小孩子们早早地就穿上过年的新衣袄，拽着大人的衣襟，手里提着一个点心盒，踏上了走亲戚的路，没有任何交通工具，不论多远的路，全凭一双脚板走，心中的快乐却是无以言表的。虽如此，但有些亲戚家也是太远了，翻过一座山，绕过一道梁，经过了无数炊烟袅袅的村庄，却还是望不见舅姥爷家门前那些熟悉的松柏树。也许是因为走过的村庄那些香气扑鼻的美食的诱惑，孩子们的肚子早就饿得咕咕叫了，在没有大人在场的时候，便偷偷打开了随身的点心盒，等一股脑把那一斤点心吃得一点碎渣渣都不剩的时候，才突然想起去舅姥爷（父亲的舅舅）家没礼拿该咋办？突然瞧见了路边的小石子，心中便有了主意，遂捡了几块不大不小的放进去，用绳子按原来的模样捆好，继续前行。收到礼的舅姥爷自然是没注意到的，见了面，摸着小外孙的头，直夸这娃怎么见风就长，又高了一大截。在舅姥爷家的炕上，七碟子八碗吃得满嘴流油后，就开始了惦念舅姥爷的压岁钱，直到临走时，如果还没见到"毛毛钱"，就会跑去灶房问正在洗刷锅碗的舅姥姥，惹得老人家露出牙嘤嘤直笑，一边喊着老头子怎么犯糊涂，赶紧给小外孙发压岁钱。压岁钱不多，少则一角，多则五角、一元的，但到正月十五走完亲戚的时候足可以攒够一学期的学费了，因为那时候开学的学费只有一元五角钱。至于点心盒子里的那些石子以及由此可能引起的风波，娃娃们早就忘了。

　　正月初三那天是嫁出去的女儿回娘家的日子，年龄大的都在头天打发自己的儿子或者小孙孙回过娘家了，这天回娘家的多是些年轻小媳妇，想着即将要见到娘家人了，头天夜里就激动得彻夜难眠，天还未大亮，就早早地起床，烧锅做早饭，然后"对镜贴花黄"一番，呼夫唤子，早早地提着礼品踏上了回娘家的路。这天，弯弯曲曲的山路上布满了回娘家的小媳妇一家人，怀着对亲人满腹的思念与爱，在一声声"娘"的呼唤中，守候在家门口的老母亲接过女儿手中的礼品，或者怀中的小孙孙，相拥着走进了熟悉的老屋。炕上坐的是女婿与老丈人，女孩儿便陪母亲走进了厨房忙碌，直到午饭上桌，女儿也不上桌，一直陪母亲在厨房伺候，上完凉菜上热菜，热菜吃会儿，又该臊子面上桌了。厨房里的忙碌中，少不了母女俩的嘘寒问暖、絮絮叨叨，说村子里的变化，说生活的冷暖，这个时候，纵使是女孩儿在婆家受了什么委屈也不便对母亲说的，过年哩！说的都是喜事，祈求来年生活会更好。走得最急、最快的总是最美好的时光。这一天，日子总觉得太短，还没来得及探望同村小时候一起长大的姐妹，又到了回婆家的时候了。走时，母亲总是会把年前蒸的菜包、豆包、馒头等为女儿包一大包，笑着说"女娃子都是娘家的贼娃子"，然后抱起小孙子送了一程又一程，直到女儿女婿一家人隐没在那边山头，老两口才恋恋不舍地回家了。对一个女人来说，还有什么比回娘家更开心、更温暖的事情呢？正月初三回娘家，在古老的乡村，亲情这根长线又一次被扯得悠远、温暖、温软。

　　过年走亲戚最幸福的除了小孩子、回娘家的女人，就该数结婚头年的新媳妇了。这些新人大多是在腊月被迎娶进家门的，正月里是该认识婆家亲戚的时候了，她们从初二开始就被新女婿带着走遍了女婿家的七姑八婆——这些人注定着也将是她一辈子的亲戚。这几天里，新媳妇依然打扮得和结婚时一样的漂亮，红袄袄、红围巾，再配上一张红扑扑水蜜桃般娇艳欲滴的粉脸，楚楚动人，那该是一个女人一生当中最美丽的模样。到了每一家，亲戚家的女主人总会夸赞上一番，说猫娃（乳名）的命真好，娶了个这么乖（漂亮）

的媳妇，完了忘不了扒在女婿耳边偷问一句："你媳妇怀上了没？"说得小伙子怪不好意思，却也心里美滋滋的，往往回答："还没有哩！"对方总会叮嘱得抓紧点要个娃，我们和你妈可都等着抱胖娃娃呢！然后便捂着嘴笑了。走时忘不了送给新媳妇一个用手帕或者毛巾包着的红包，少则五角，多则五元、十元的，因人而异，是一份祝福，也是一份心意。新媳妇把婆家的亲戚从初二走到初五，有时一天要连着走好几家，以便这几日内把婆家亲戚全部走完，因为初六那天，娘家父亲要来女儿新家，把女儿带回娘家小住，直到正月十六早晨，乘着天亮前把女儿又送回婆家。据说，十六早晨，回来得越早越好，只有这样新媳妇来年生的孩子一定会是个胖小子。

过年走亲戚还有一个特殊的人群——准女婿，他们往往是那些未出阁的女子的等待，准女婿一般也是初三来未婚妻家的，这天他们总是被自己的父母安排着打扮一新，提着比走所有的亲戚时所提的都要"重"的"五色礼"（挂面、点心、糖果、肋条肉、莲藕），来到心爱的人家中。到丈人家，新女婿一般话很少，见了心上人也只是相视莞尔一笑，算是问候，却相互不敢多言，否则会被人笑话的。女孩子这一天心总是扑扑地跳个不停，怕女婿说错什么话，惹家人嫌弃。当然，准女婿这一天是很注重自己言行的，不可呆坐着，否则会被认为痴傻，也不可太随意，否则会被认为不懂礼节。村子里曾经就有准女婿因为隔着炕头把烟给未来的老丈人扔过去，这门亲事就黄了。还有一个后来被村里人称为"冷女婿"的，在丈人家连吃了三碗饭还不丢碗，被传为笑柄，"让客是个礼"，但吃饭过两碗，一定会被认为脑筋有问题了，当然，这门婚事同样告吹。准女婿这天的一言一行都是女孩子的面子，也是要过村里人的眼光的。午饭刚过，准女婿便起身要回家了，被丈人家送出院门时，才发现家门前、塄坡上已经站满了"看准女婿"的人，正月初三在门前看没结婚的"准新女婿"也是村里人的盛典！当然，这天，也不是所有未出阁女孩子最幸福开心的日子，村子里的霞姐因为第一次刚订婚不久便被在外打工的男方退婚了，"名声"一下子便不好了起来，后来媒人又把她介绍给一个大她近10岁的瘸腿男人，听说男人虽然腿瘸，但家庭条件也还不错，她父母就同意了。这年正月初三，瘸腿女婿刚走，霞姐望着那些同样厚重的"五色礼"，一个人在房间里大哭了起来，她娘陪着抹泪，"哭啥？你看他的礼哪一样比那个负心人轻"，霞姐只是哭，几天不吃饭，这个年，因为这个自己不喜欢的"新亲戚"而让她痛苦不已。

  在古老的村庄，每年正月走亲戚从初二开始直到农历十五才算结束，一般初五前都是晚辈给长辈拜年，初六开始就是长辈到晚辈家走亲戚，也就到舅舅给外甥"送灯笼"的时候了，这时候礼品也开始从点心换为"送灯笼"的麻花了。这段日子里，空气里处处氤氲着人间烟火的味道、亲情的味道，亲戚与亲戚之间、人与人之间的那种朴素的情感再一次在村庄升华。以至于在未来的许多个日子里，这份温馨、温暖与美丽，在远去的游子年年正月思乡的心湖中碧波荡漾，温热着流年，那些年走亲戚的美好岁月，成为他们一生中刻骨铭心的记忆。

正月里来了"准女婿"

老家过年的习俗是很多的，但农历正月初二看"准女婿"（已订婚但未结婚的女婿）无疑是乡村新年的一道盛宴。

农历正月初二那天，如果哪家有准女婿要来，不仅是这一家的大事，更是全村人的惦念。一大早，这家人就把院落打扫得干干净净，把屋子细细清扫一番。匆匆吃完早饭，男人忙着劈柴或者继续收拾院落，女儿和母亲、嫂子就进了厨房，和面、炒臊子、切红萝卜豆腐底杂菜，摊鸡蛋饼、蒜苗丝等，做臊子面的一切食材准备就绪后，又开始忙起了招待准女婿的"七碟子八大碗"。掌勺的大多是嫂子和母亲。女孩儿也在厨房忙碌，心却早已飞出去了，会不时偷偷去屋子看看放在桌子上的闹钟，几点了，新女婿这会儿该走到哪里了？想着这几个月都没见到心上人了，心就不由得扑腾扑腾跳个不停，脸也羞得红扑扑的，怕娘和嫂子看见，尽量低着头不说话。

大约到上午十点半的时候，穿着一新的准女婿才提着"四色礼"（烟、酒、肉、莲藕）羞答答地出现在未来老丈人家门口，院子里等候多时的丈人很快迎了上来，厨房里做饭的女人们听到准女婿到了也高兴地迎了出来，准女婿一边叫着叔、姨、嫂子，瞥眼间看见心上人正跟在后面一脸羞答答的模样，这心就"咯噔"地狂跳了起来，禁不住也脸红了，急忙转身随准丈人一家进了门。

准女婿进屋就被丈人一家礼让上了炕，农村的热炕是整个冬天最温暖舒适的地方，招待客人的瓜子、花生、糖果和茶水很快便奉了上来，准女婿见面先给准丈人递烟，自己却是象征性地抽一支或者不抽的，怕失了分寸，怕准丈人家说自己好烟酒，不是务正业的主，瓜子、花生、糖果之类的也是象征性地吃几粒。不一会儿，准丈母娘或者心上人就端来了挂面荷包蛋，这是农家正月待客的第一道程序，客人来了先吃些荷包蛋挂面暖暖身，一碗吃完后，女方说再盛些，准女婿说"好了，好了……"，这边也便不再谦让了，这就是礼节，大家都知道，如果真要，锅里也是没"米"了。如果真要，会被女方认为这是一个"愣女婿"。村里就有一个"愣女婿"的故事，据说他过年去女方家，吃了一碗荷包蛋挂面，还要第二碗、第三碗，据说同来的还有他爹，爹急得直扯儿子的后衣襟，说中午到点还要吃的。儿子却说："一顿饭么，一定要吃饱的，中午的饭中午再说。"整得女方厨房的火生了又生，锅刷了又刷，到第三碗的时候，女娃端上来的只剩几根面和一些清汤了，就这，女娃端着挂面进门时一不小心被门槛绊倒，汤泼了一身，气得大哭……这门亲事也就这样黄了。男娃也因此落下了"愣女婿"的名，就这还嘴硬，说人家女娃脸上有垢痂，他才不愿意呢！话是这样，后来周边再也没有人家愿意把女孩嫁给这个"愣女婿"了。每每听村里人讲这个故事，我就会想到孩子们的童谣：

"咪咪毛，咪咪毛

上高窑，把你妹子给我哥

我哥嫌她有垢痂，给莫给莫可走呀……"

后来我问过母亲，问过村里的婶婶婆婆们，这个"童谣"是不是跟那"愣女婿"的故事有关，她们说："应该是吧！"具体谁也说不清楚。这个故事却扎根在村庄每个人心中，亲戚刚进门的挂面荷包蛋该吃多少，大家心里都有个数，谁也不愿再做第二个"愣女婿"了。

中午正式开饭的时候大约也就十二点半了，炕上铺一个塑料纸，七碟子八大碗（凉菜热菜）摆在一起大概有十多个，都是平日里家里舍不得吃的荤素菜，最后主食是手擀臊子面。席间准女婿还是话不多，老丈人问一句答一句，吃饭也是表现出斯文的模样，女人们还是继续在厨房忙碌，操心着上菜、做臊子面，间或说说准女婿的打扮举止等，这饭直吃到下午两点左右才算散场。

大约在下午三点的时候，准女婿起身说是要回家了。准丈母娘赶紧拿出早已准备好的"回盘"——几个馒头外加闺女给准女婿做好的花鞋垫子。少女情怀宛如诗意，丝丝缕缕可都是情呀！准女婿啥都不说，但看到那花鞋垫心里还是涌上暖流，边向老人道别边偷偷看一眼跟在娘身后那个一整天都低眉顺眼的女子，心里灌了蜜似的，想说句什么，但终究还是没好说出口，转过身就走出了门。

准女婿出了门才发现，准丈人家的门前已经围满了看自己的人，有些还蹲在窑洞顶的崖畔畔边，一派热闹的景象。忙完家务送走亲戚的庄稼人这半会儿都闲下来了，集体来这家门口看自己村庄大姑娘们未来的女婿，仿佛这女婿不是谁家的，而是全村人的。这时候，不知道谁家的小孩喊了一声："准女婿出来了……"周围一下子就热闹起来，门口出来的这个新人一下子闹了个大红脸，女娃羞得捂着脸跑回屋里去了，准丈人两口子一边送准女婿一边跟大家打着招呼，直送新人出了村口，直到看不到身影，人们才纷纷评说着村里谁家的准女婿长得俊，哪个看上去是个过日子的后生，在嘻嘻哈哈的笑声中散去。

这已经是二十年前村庄过年的一幕了，那时候一对新人从认识到结婚都见不了几次面，就连正月这一次"盛大"的相见，也是羞答答地躲着，没机会说上一句话。年少时不懂，长大后读徐志摩的"最是那一低头的温柔，恰似一朵水莲花不胜凉风的娇羞"，才知道这份娇羞是多么的美丽，如盛开在古老的村庄新年之河中的"水莲花"，隔着悠悠岁月的河望去，依然如此美丽，显得弥足珍贵，更是古老的年俗里的一道亮丽的风景。

村野人家

去外婆家的路很远很远，去时要下一个很深很深的沟，回来时要爬一个很高很高的坡。去时是下坡路，自然轻松多了，回来时是上坡路，走着走着我就走不动了，嚷着让娘背，我趴在娘的背上嬉戏，娘背着我走得满头大汗、气喘吁吁，还不忘给我唱儿歌：

"咪咪猫上高窑

金蹄蹄银爪爪

上树树逮雀雀

扑愣愣愣愣都飞了

把个老猫气昏了

……"

我在娘的童谣里睡着了。

醒来时，我睡在吴婆家的炕上。吴婆家的炕不但干净，而且暖烘烘的，炕的右边光席片上面罩着一窝出壳不久的小鸡娃，鸡娃好漂亮，毛茸茸、黄澄澄的，她们正围在一个小盘子边吃食，发出只有雏鸡才有的低脆的声音，我望着她们发出咯咯的笑声。

吴婆正和母亲一起坐在炕头说话，看我醒来了，一边喊着"丑女女醒了"，一边给我塞过来一只红红的火罐柿子，柿子火红的模样在她的掌心里十分好看，比山上的花还要好看。吴婆说："我娃吃个软柿子，婆刚给你在炕上暖着，还热着呢！"

我接过柿子，吮了一口，真甜。

我说："吴婆，我一点也不丑，你不能叫我丑女子。"吴婆和娘都笑了，笑得前俯后仰。吴婆嘴里一声接一声地应着："我娃不丑，我娃不丑，婆是逗你呢。我娃将来可是你娘的油花馍馍笼笼呢!"（老家有个习俗，女孩子出嫁后，每年回娘家要拿一笼油花卷蒸馍。）

我问："小鸡娃娘呢？"

"鸡娃娘不要它们了，托吴婆照管呢!"吴婆和娘又一起笑了。

我觉得鸡娃娘好狠心，小鸡娃们很可怜，我就不行，一刻也离不开娘，从小就是娘的跟屁虫。

娘每次一出门，我就问："娘，你到哪哒（哪里）去呀？"

"去给我娃上天摘星星。"娘笑着说。

几年了，娘从没有给我摘回来星星，但只要娘不离开我，我就把摘星星的事情忘了。虽然她下次还会以同样的话哄我，她用这话哄我的时候，我就知道她又要抛下我外出了。但这种时候很少，娘和我一样，也舍不得离开我。

我让娘给我穿鞋，抱我下炕，去吴婆家的院子里玩。

吴婆家的院子就是我的乐园。

吴婆家其实就是我去外婆家时半山腰的一户人家，我去外婆家的必经之地，是这村野独有的一户人家。

吴婆家的院子很大，墙根是半山腰的一个高崖，高崖下有3孔窑洞，吴婆就住在中间的那孔窑洞里，她还有一个儿子，叫根根，住在当院的一个厦房里。吴婆说儿子都快三十岁的人了，人太老实，见了心疼（漂亮）的女娃脸红、不说话，不招女娃喜欢，到现在也找不到媳妇，她愁得睡不着觉。

吴婆说这些话的时候，娘总会说她会回去给娃瞅个好姑娘，吴婆就很开心，根根哥不吭声，低下头，往我手里塞了一颗糖。

根根哥的糖好甜，我喜欢跟他玩。

我喜欢跟根根哥去他家的窑洞崖顶玩，那里其实是一片树林，上面长满了柏树，郁郁葱葱，是这冬日的旷野上除麦苗外唯一的青翠。

我看见，吴婆家的炊烟就是从这些柏树顶卷上来的，同时卷着的还有饭香，向天空飘去，怎么会那么好看呢？长大后读书读到"依依墟里烟"时，我的眼前飘出的就是吴婆家那样的炊烟，氤氲在心头，浓得散不去。

根根哥说："炊烟有什么好看的，等夏天了我带你采桑葚、摘酸枣、打杏子……"我才看见，夹杂在柏树中间的还有杏、枣、桑葚、水桃等果树，它们挤在柏树的空隙里，把整个林间塞得密密匝匝的，只是可惜，在冬天，因为干枯而不被人注意。

于是我就想着，冬天赶快过去，夏天快到来，我要和根根哥一起采桑葚，摘杏子、桃子、酸枣……这样想的时候，嘴里各色滋味便一齐涌了上来，惹得我伸出小舌头舔自己的嘴，望着根根哥说："我还想吃糖……"

"根根，崖上那么操心（危险），赶快把娃带下来吃饭……"由于我和母亲的到来，吴婆提前做了晚饭，执意留我们吃。

吃完饭，我还要和母亲继续赶路呢。

吴婆对娘说，上山还有一段路，让根根替你把娃背背。娘说不用，她现在精神着呢。

就是，我可精神着呢。吃完饭，在娘的前面小跑着玩回去了。

四十年后的这个午后，我又一次来到这个村野人家。来到吴婆家时，看到的却是一片废墟，只有那些被黄土掩埋了半边的黑乎乎的窑洞，证明了这里曾经居住过人家。

吴婆早已经去世了，根根哥呢？长大后我几乎再也没有听到过他的消息。村长说，根根快到四十岁的时候才娶了门亲，媳妇嫌他家贫，过了没几年，在一个夜晚跟人跑了，一个娃娃也没留下。你说这半山腰再没一户人家，当时找个人帮忙找寻的都没有。媳妇走后，这娃性格更加内向，后来也出门走了，究竟去了哪里，谁也不知道。

那一刻，我突然觉得喉头有些哽咽，有一种想找一个地方痛痛快快哭一场的冲动。但一种莫名的心痛仿佛攥住了我的脖子，让我不能敞开嗓子。

吴婆哪里去了？根根哥哪里去了？那一缕炊烟哪里去了？这一家子人都

哪里去了？谁能把这村野人家还给我，还有把那一屋子的暖还给我？

只有那崖上的柏树还在，依然郁郁葱葱。我真羡慕它伟大的神力，无论岁月怎样的流逝，无论这村野的风怎样的刮，人间有过多少悲欢离合，唯它岿然不动、容颜不老，是这时光之流最有魅力的情人，它是唯一能够拽住岁月脚步的痴心爱人。

人有时真的不如一棵树。

第二辑

烟雨楼台

洛河夜泊

"……其形也，翩若惊鸿，婉若游龙。荣曜秋菊，华茂春松。仿佛兮若轻云之蔽月，飘飘兮若流风之回雪。远而望之，皎若太阳升朝霞；迫而察之，灼若芙蕖出渌波。秾纤得衷，修短合度。肩若削成，腰如约素……"在这个冬天的夜晚，当我又一次吟诵曹植的这首《洛神赋》（原《感甄赋》），竟是一阵阵的泪眼蒙眬。

那是一个怎样的绝世无双的女子？那一刻，那个执笔书赋的曹子建又该是一种怎样的心情？几十年的爱恋，多少温暖与辛酸，也只有这点墨挥毫间了，一如他数年来与甄夫人的凄苦缠绵，刀尖上舞动的爱情。

那夜，船行洛河，两岸翠柏依然，皓月当空。

可再美的风景对他来说都是一种浪费，我们的才子曹子建，乘舟离开他阔别十多年的京城，又一次开始颠沛流离的生涯时，心中早已是无有皓洁明月了。他的怀里抱着那个被他称为嫂嫂的心爱女人的盘金镶玉枕头，已是泪流两行，他把头一次次地埋进去，一如埋进了她的怀抱。往事历历在目，那如花美人的容颜，还有那些初见时的惊艳，一幕幕，此刻，都在泪水蒙眬的眼前重现……

那该是公元 200 年吧！官渡之战，他的父亲曹操剿灭袁绍，俘虏了其子袁熙的美妻甄洛。

甄洛，纤腰素服，云鬓松绾，风姿秀逸地站在父亲曹操、哥哥曹丕，还有当时年仅十二岁的他——曹植面前，这位少年才俊震惊了，当然震惊的还有父亲和哥哥，只是当时他浑然不知。

"翩若惊鸿，婉若游龙"，曹植梦呓般地低吟着。甄夫人大他十岁，像姐姐，像母亲，更该是他的爱人。他是曹植，十二岁就情窦初开，和许多爱做梦的少年一样，他希望他想要的一定属于他，当然，包括眼前这个美人。

他少年意气地请求曹操："父王，请允许我娶甄洛为妻！"

然曹植怎知，在美色面前，有的人却早已垂涎三尺，捷足先登。曹操淡淡地说："你年岁尚小，父王已将甄女许配给你哥哥曹丕了。"

回想起这些的时候，曹植仰天长叹！也许当初他再争取一下就可以得到她，毕竟父王那时还是很喜爱他的，那么他们就可以永远在一起，至于皇权地位，他本不慕这一切。

曹植天生是感性的，他纵有经国济世之才，却放不下一个叫甄洛的女人。

曹丕无疑是理性的，他要美人，更要皇权。渐渐地，甄洛从曹丕的眼光中看不到自己的存在。而她曾经怀有多少绚丽的憧憬和多情的梦想呢？

虽然阴差阳错，相爱的人成了哥哥的妻子、自己的嫂嫂，但曹植心中的牵挂从未停息，哪怕是目光无意间的碰撞，也足以让他失魂落魄，他是那样地爱她。而兰心蕙质的她，又怎会不曾感应到身边那一束温暖的目光？这目光，那么美，那么暖，甚至成了她寂寞宫闱生活里的一种最温暖的慰藉。

然而，皇权的争夺并不因美人的到来而稍缓片刻，曹丕无时无刻不在盘算着怎样将这个才华横溢的弟弟从父王的眼中消灭。当他获知父王要派曹植征战，便假惺惺地邀请曹植来自己府中赴宴，而且特别叫来甄洛陪酒。当甄洛如花般绽放在曹植的面前时，面对自己倾慕已久的心爱的女人，斟杯把盏间，他早已醉了。而这一醉，延误的是军情，得逞的是曹丕，愤怒的是曹操。曹操对曾寄予厚望的曹植彻底失望了！

这一醉，曹植再也没能醒来。

想起这些的时候，曹植抬头仰望蓝天，夜幕已经开始拉了下来，天边，最后一群归巢的大雁正向远方飞去。它们是兄弟手足么？它们该是十分和睦、相互怜惜的吧！想到这里，他对这些鸟儿顿生羡慕，人，有时候不如鸟……

哥哥这许多年来不都是在和自己争吗？江山，美人，这还不够，为什么一心置他于死地？

父王病逝，哥哥曹丕如愿称帝了。他迫不及待要拔掉多年来的眼中钉，可杀掉自己的亲弟弟总得给天下人一个理由。你不是总在先王面前卖弄才华吗？那么老弟，请在七步之内作一首诗，否则将以欺君之罪斩首！

那天，他在众目睽睽下迈开沉重的步履，每一步，都似踩在刀尖上。

"煮豆燃豆萁，豆在釜中泣；本是同根生，相煎何太急！"

一首《七步诗》挽救了一代奇才曹植。然他的心，已煎熬得支离破碎。从此，他远远离开了京城，离开了朝思暮想的女人，四处迁徙，到处漂流。

漂流就漂流吧！他是诗人曹植，权力本与他无关。此去的日子里，还有爱人的思念可以伴他天涯，还有梦里的相聚足以慰藉寂寞之旅，也该是幸福的吧！你曹皇帝的权力之鞭再长、再毒，也打不到我梦的边沿吧！虽如此，他依然希望哥哥能待她好些，一如当年，他对哥哥的希望。

可他爱的人，这些年过的又是一种怎样的日子呢？

当年，曹植走了，也带走了甄夫人的心。初次见面只有十二岁的那个翩翩少年，曾经的金风玉露一相逢，便胜却人间无数。

先要美人、后要江山的曹皇帝已不是当年那个对她呵护有加的少年，他身边的新欢层出不穷，哪还顾得上她呢？也是，她是那样的憔悴，对他是那样的冷，她在忏悔，当初是她听信曹丕的话，把他灌醉，才使曹植失去了父王的信任，才会让身边这个男人骄横至今，如果不是这样，那个最爱她也被她深爱着的人何以是今天的不堪？她如一只啼血的杜鹃，把自己的苦胆衷肠吐在一片素雅的白娟上：

塘上行

蒲生我池中，其叶何离离。傍能行仁义，莫若妾自知。众口铄黄金，使君生别离……

夜夜，她抱着盘金镶玉枕头，拥着的总是无边无际的思念，而思念也并不是安宁的。她还是那么美，那么艳，以致曹丕的新人郭氏竟容不得她的存在。郭氏几句谗言，抖露的全是甄洛对被贬的曹植的私恋……

死就死吧！与其以玉润之躯伺候这个衣冠禽兽，不如化作一堆白骨来得干净。"披发于面,以糠塞口。"嗜杀成性的野兽曹丕是多么恨她,在这个为他生儿育女、端庄贤淑的妻子已魂飞天外后,还不肯放过,曹丕在她的口中填满了糟糠,把她的头发乱披在她的脸上,如此的侮辱,是给谁看?普天下还有些良知的人,其想来是一种怎样的心疼?

时间大概抚平了曹植心中的伤痕。他忘记了仇恨,满怀善良,去京师朝见哥哥嫂嫂。可是,迎接他的只是甄洛被郭皇后陷害而死的噩耗!

那一刻,是一种怎样的撕心裂肺之痛?

曹丕是彻底地被惹怒了,"看来他们真的有私情"。

你们不是两情相悦吗?给你一个甄洛用过的玉枕吧!她人已经走了,枕头留给你,让她夜间来,你们幽会。小轩窗,可梳妆,相对无言,唯有泪千行?

抱着甄洛留下的盘金镶玉枕头,曹植怆然归去。

今夜,宿舟中,一个叫洛水的地方。

夜晚的湖面是平静的,可他的心海却一次次翻滚着万丈狂澜。怀抱玉枕,那枕上似乎还氤氲着爱人的气息,有风吹来,竟是沁骨的冷,他不由得裹紧了衣服,在一阵阵的泪水涟涟中,竟睡着了。

"子建,子建……"恍惚之间,他远远地看见自己日思夜想的人凌波御风而来,在洛河的那边,呼唤着他的名字,依然翩若惊鸿……

"甄洛,甄洛……"他兴奋得几乎要狂奔起来,脚下不由打了一个趔趄,船震了一下,他醒了。这哪里有爱人的影子,原来是南柯一梦……

他彻底地醒了,自从那日一醉后,似乎从来没有这样清醒过。想起梦境中的一切,想起这些年的思念与爱慕,他再也无法控制自己的感情,提笔铺纸,借着窗外皓洁的月色,借着舟中微弱的烛光,万丈豪情如流水般纵情倾泻:

感甄赋

黄初三年,余朝京师,还济洛川。古人有言,斯水之神,名曰宓妃。感宋玉对楚王神女之事,遂作斯赋……

也许是有所顾忌,曹植假托"感宋玉对楚王神女之事"。点墨间,唯有美

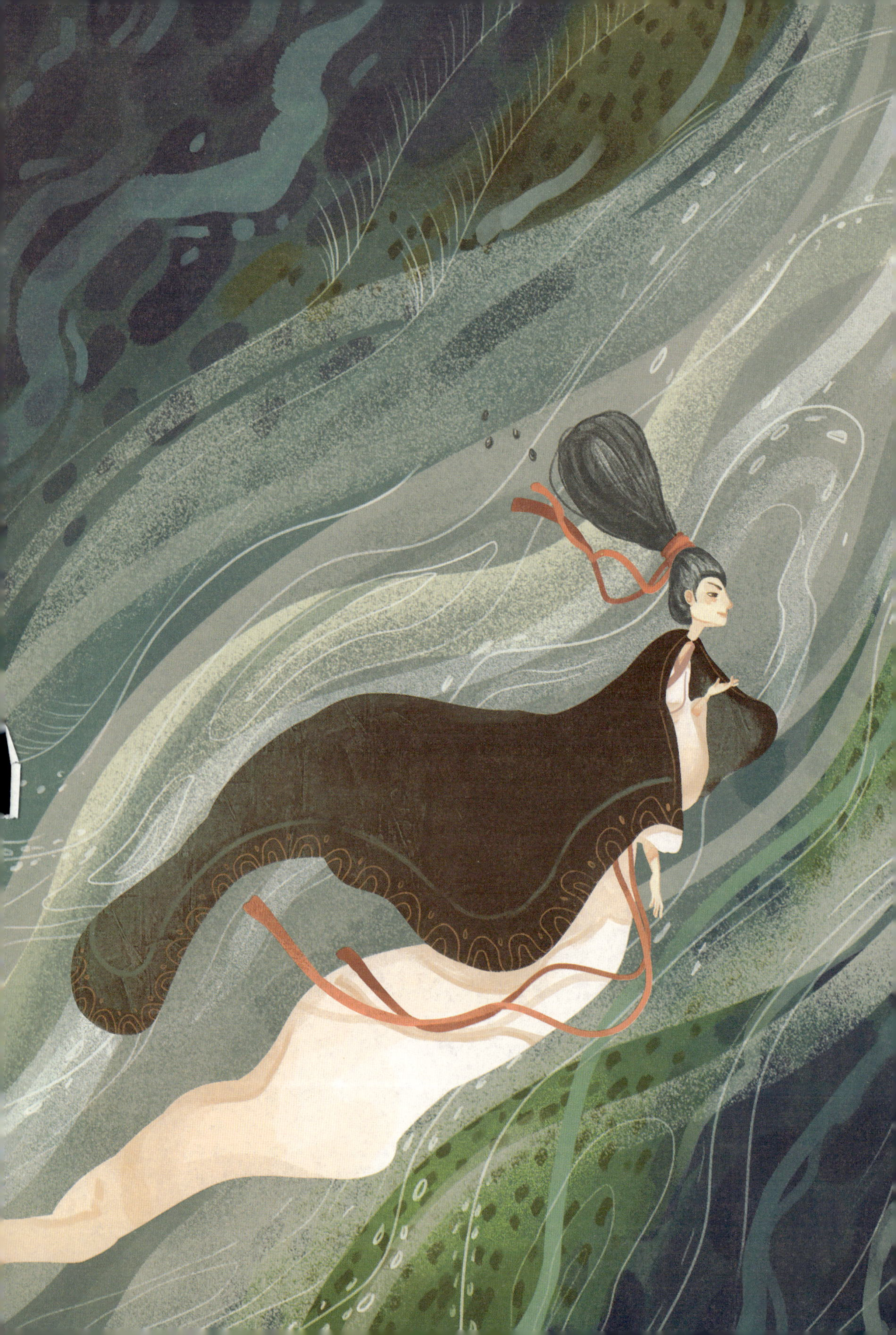

人容颜清晰依旧,那颗爱慕思恋之心,如此滚烫,足可以温热这个依然薄凉的夜晚。

据悉,四年后(公元234年),甄洛之子明帝曹睿即位,为避母名讳,遂改为《洛神赋》。

可这又能怎样呢?我们只记得一个叫曹植的诗人,一个旷世奇才的旷世之恋。那些水一样温润的诗句,在那样的一个夜晚,在一个叫"洛河"的水中央,在一纸《感甄赋》里,在和历史一起远去的孤帆远影中,愈显凄美与惊艳!

风流总被雨打风吹去

连日来，当我一口气读完胡兰成的《今生今世》时，心中竟有一种隐隐的疼痛，这痛不是万箭穿心，而是因一个女子在"岁月静好，现世安稳"的祈求中那种望眼欲穿的凄凉眼神而感受到的生命无可负重之痛，那一刻，潜伏在我心底的几个字如海潮般奔涌而出：男人，请戒色；女子，该戒情。

通篇文字里，我们看到的是一个风流才子形象。胡兰成的不守节，在他的私生活中暴露无遗。他要的是"此时语笑得人意，此时歌舞动人情"，他对女子的情意总是随着地点的转变而转变，说到底，他终究是一个极端自私的男人。

胡兰成与张爱玲的相识源于文字，文学本身就是一粒浪漫的种子，当这颗种子已经开始落地生根、发芽，直至花开满园之时，这些美丽的"惊艳之花"打动了才子胡兰成的心，他极想认识那个站在庄园里经营花朵的女子，当张爱玲的名字以及那些个温婉美丽的文字一次次出现在杂志报端时，她强烈地引起了胡的注意。其实胡兰成是很懂女人的，对于张爱玲这样一个高傲甚至有些孤僻的女子，她一般是不见人的。胡兰成第一次去，果然不见，但他从门洞里递进去一张字条，隔日张爱玲便电话相约，胡没有说自己在字条上写了什么，但想必是有些分量的。

胡兰成说他第一次见张爱玲时并不喜欢她，"我连不以为她是美的，竟是并不喜欢她，还只怕伤害她"。并不喜欢，却依然要靠近，他终究是一个调情高手，在任何地方似乎都有一种一试身手的欲望，而面对张爱玲这样一个出身高贵、才华横溢的拥有旷世才情的女子，他更有一种雄性征服的欲望。

初次见面，他们在客厅里一坐就是五个小时，而且大多都是她在倾听抑或回答，凭着他对她文章的溢美之词，他的侃侃而谈，举手投足间便赢得了一个女子的芳心。第一次，她把他送到弄堂口，分手之时，他说："你的身材这么高，这怎么可以？"只这一声就把两人说得这样近，在这一声中，她寂寞二十四岁的爱情之花，便已开始在这个大她十四岁的男人面前绽放了。

一个男人对女人的赞美是一颗糖衣炮弹，女人迟早会倒在这场没有硝烟的战场上，张爱玲亦然。在"你在我这里来来去去亦可以"的守候中，这个二十四岁的才华横溢的女子是真的恋爱了，她说："见到了他，她变得很低，低到尘埃里，但她心里是欢喜的，从尘埃里开出花来。"而胡兰成在收到爱玲写给他这些字的照片时说，"而我只端然地接受，没有神魂颠倒"。看来，从一开始张爱玲就是错的，哪怕是你低到尘埃里，那是你自己的事情，与别人无关。张爱玲说"因为懂得，所以慈悲"，其实她根本就不懂得，也只是一厢情愿的慈悲。

胡兰成说："我们两人都少曾想到要结婚。但英娣竟与我离异，我们才亦结了婚。"胡说："我为顾到日后时局变动不致连累她，没有举行仪式，只写婚书为定，文曰：胡兰成与张爱玲签订终身，结为夫妻，愿使岁月静好，现世安稳。""岁月静好，现世安稳"，那是一个多么卑微而简单的幸福哦！而这却成了痴情女子往后岁月眼巴巴的奢望。而胡的所谓"拖累"一词，看似关爱，但从他后来的行动中看，却是要让人怀疑了。

胡兰成的处处调情在他的文字中随处可见，在汉阳医院里，他对女护士小周说"训德，日后你嫁给我"，他写少妇范秀美时说"她是与我，才有人世夫妻之好"，以及后来的日本少妇一枝、佘氏爱珍等，凡相见之人，不管能否得到，总是想着要与人家结为"夫妻之好"。他的情爱，总是随着地点的转移而改变，焉能系于一身？而所谓对女子的"痴情"，倒是让人看了要战栗了。

胡兰成说："我于女人，与其说是爱，毋宁说是知。"只这一个"知"字，为他赢得了多少女子的芳心，又使多少痴情女子为他而暗地里伤心？当他在一路春色中一次次迷醉于"温柔乡"时，是否想到那个远在上海痴念他的女子张爱玲？爱过才觉痛，那些暗淡的日子，那些个被相思揪痛的寂寞的夜晚，那颗伤痕累累的心，不知远方的胡兰成是否懂？

胡兰成从来不认为自己的滥情有什么错，他的笔下、他的语言中也从来不曾有过什么隐晦，他的《武汉记》里面处处都是护士周训德的影子，却问张爱玲读了没，还要问她的感想。读到这里，我倒是真的糊涂了，他是一种自鸣得意的炫耀呢，还是真的突然就不"知"女子的心了？

欢爱如烟花，爱情的毒却种在了张爱玲的身上，纵使在分手后依然残留，让一个女人几十年一直守着自己寂寞的灵魂，那些恋爱时的华丽与缠绵，也许依然在回忆中美如锦缎，但摸上去终究是冷冷的，只瞥一眼，便寒气沁骨。

当然，我们也不能完全否认胡兰成对张爱玲曾经有过的感情，有过的往昔怎能删除？他写道："但凡爱玲说好的，我就觉得好。"只这一句，便是满心爱意了。那一刻，是他的真。你能说他没有爱过？只是本性让他浮沉，他见不得漂亮女子，所以，最终会负了一个看他千好万好的张爱玲。他自认是一个"永结无情契"的人，而当今天我们捧读他的文字时，到底也只是看到了一个朝秦暮楚的荡子而已。

孔夫子说：中年男子应该戒色。而张爱玲的《色·戒》中也许认为，女人呢，不管是年老还是年轻，都应该"戒情"，尤其是因色而起的情。而女人恰恰戒情难，戒因色而起的情更难。看胡兰成的照片，一身黑襟长袍，温文尔雅，却也有着成熟男子的魅力，加上他的侃侃而谈，还有对一个女子妙笔生花的溢美之词，这些都是赐给这个女子的毒，在经年里疼痛。

然风流总被雨打风吹去，浮生若梦，留下这些依然妙笔生花的文字，这个凄美的故事，任由后人评说。虽然男子的"戒色"和女子的"戒情"一样的难，但依然相信人性原本善良，爱情原本美丽，滚滚红尘中痴迷的男男女女终有清醒的那么一天。当青春的风花雪月被时间的浪潮冲荡得无影无踪时，再细细地翻开自己的灵魂，找寻那爱的痕迹究竟给生命留下了什么。如果泛滥的爱成为一种泛滥的伤，那么那样的爱还能叫爱吗？如果刻骨的情也成为一种刻骨的伤，那么那样的情还有存在的价值吗？

风流总被雨打风吹去，花落叶飘才知秋。在秋的清净和空明里，所有的爱情才能得到最后的验证。当风流变成冷风一去不返，当落花变成污泥沉入泥土，也许，那蹒跚的脚步才会走出生命最深的感悟：色即是空，情即是伤。既是如此，让我们的生命还是少些因色而起的迷乱，多些对人间真爱的珍惜和彼此的尊重吧！不知道，廿年后，他们的魂魄是否曾在奈何桥边相遇，他是否会为自己曾经的负心而忏悔，或者哭着告诉她："亲爱的，下辈子我们还会相遇，我一定要让你成为我生命中的唯一，不再哭泣。"

第二辑 烟雨楼台

女人今生莫做藤

——由萧红的悲剧人生所想到的

翻开中国现代小说史，一个寂寞而醒目的名字总会跳入我们的眼帘——萧红，她的作品与她不幸的人生无不吸引着我们的眼球。

毋庸置疑，萧红是一个才气逼人的女子，在她上中学时，她的文学与美术才华便已崭露头角，她的散文经常在学校壁报刊登，她的绘画天才也得到发掘——后来她的作品出版时，封面常常是自己的绘画。鲁迅曾赞许她是"丁玲之后最有希望的女作家"。然而谁又能想到，就这样一个奇女子，在她短短的31年的人生旅途中，却经历了比李清照还要苦百倍的命运。

萧红原名张乃莹，1911年生在黑龙江呼兰县一个张姓乡绅之家，9岁丧母，父亲冷漠专横，继母几乎不理她，萧红饱受孤独之苦，在这个家庭中只有祖父是唯一给她快乐的人。1930年，萧红初中毕业，被父亲许配给了一个大军阀的儿子，因为逃婚，从此揭开了她颠沛流离苦难人生的序幕。

她逃婚的第一站是在女中认识的一个姓李的青年教师，李与她同居，却没有告诉她自己已有家室，萧红在得知真相后无比屈辱地愤然离去，却不知道自己该何处托身？她不愿祈求父亲，却抱着侥幸心理找到了原来的未婚夫——那个军阀的儿子，而她不知此人极端卑鄙，在旅馆租房与她同居数月后便不辞而别，留下了身怀六甲的她，一个弱女子，在付不起房费，屡次被旅馆老板要挟，要逼她为娼的无奈中给当时哈尔滨有名的左派报纸《国际协报》写信求救，《国际协报》两位记者舒群和萧军，在大水泛滥之际将萧红救出。萧红住院、生产之后将孩子送人。

此后的两年，萧红与萧军结合。二萧相依为命，那是她生命中最幸福的日子，然而这幸福只持续了两年，两年来，他们共同经历着失业、贫困、疾病（萧红）的煎熬，但却能够相濡以沫，也是在这段时间，他们共同在文学创作上达到了最高峰。萧红脆弱、敏感、小鸟依人，萧军执拗、粗鲁。两年后他们的生活开始出现了越来越多的矛盾，萧红希望通过暂时的分居来缓和彼此间的怨艾，但这并不能阻挡萧军的移情别恋和离开她的决心。1938年，两人在西安分手后，萧红又与作家端木蕻良在武昌结婚，而这时她与萧军的孩子，也因在宜昌码头跌了一跤，不幸早产，婴儿死亡……

一个女子对相依为命的温情的需要远远强烈过对生死相许爱情的渴望，但她深爱过的男人——那个她初恋过的青年教师给不了她、萧军给不了她、端木蕻良也给不了她，她一生中在痛苦中度过，性格倔强，心理却很柔弱，她与端木蕻良结婚时有人责备她"难道你就不能一个人生活吗？"不能，因为她是一条藤，只有将自己的身体和灵魂紧紧缠绕在她赖以生存的"树"上，才能找到安宁。只是，嫁给端木蕻良后，武汉大轰炸时她还是一个人守着"孤岛"，贫病交加，不知那时候，她是否想过"三郎"（萧军）的拳头，总比一个人的寂寞、孤苦与无助要好吧！不管怎样，她这根藤还不至于无所依傍。

萧红最深刻的苦难也无关爱情，对一个女人来说，最惨痛的经历莫过于失去自己的孩子，她和萧军在一起的时候，怀着负心人的骨肉，生下来，养不起，送了人。和端木蕻良在一起的时候，她怀着萧军的孩子，养得起，却没有生下来。枕边人与腹中胎儿的割裂感，血肉分离的剥离感，在萧红的灵魂中蚀出一个骇人的黑洞，一寸寸蔓延，这个女人，脸上怎么会有甜蜜的笑容？

从十七岁到三十一岁，萧红在每座城市住过的时间不超过一年，即使在上海这座城市，她还搬了七八次家，生活上的居无定所、颠沛流离，情感上的血迹斑斑，也许只有在她的作品中才能得以宣泄与控诉。

萧红的小说告诉我们，在苦难的生存中，最痛苦的是地位最低贱的女人。人们漠然面对女人的难产，却更看重牲畜的生产。一个叫金枝的少女，被粗野的男人占有，使她的结婚成为"减价处理"，而婚后生下的孩子因为是女孩，未及满月便被发怒的丈夫摔死。年仅12岁的小团圆媳妇只因为"走路太快"，"太大方了，见人一点也不知道害羞……"，而终在婆婆的"家教"下一步步被折磨而死，读来让人寒战。月英本是"打渔村最美丽的女人""生就一对多情的眼睛，每个接触她的眼光，好比落到海绵绒中那样愉快和温暖"，她瘫痪后被丈夫丢弃在抽掉褥子冷硬的炕上，成天僵直地坐着，下体腐烂，生不如死，月英就这样在活活的折磨中慢慢地死去……

萧红痴爱文学，是文学支撑着她悲凉的人生，在香港近两年时间里，她重病缠身，非常孤独，却令人吃惊地完成了她一生最好的两部长篇——《马伯乐》（一、二部未完）和《呼兰河传》。她太年轻了，终年尚不满31岁，然而她却在与悲剧命运的挣扎中为后人留下了传世之作，让人们在茶余饭后得以咀嚼她的苦涩、她的挣扎及她对生命的渴盼。她的英年早逝无疑是现代文学长空的一颗陨落的明星，是文坛的大损失。

纵观萧红的一生，她一直在寻找男性的呵护和爱，却始终得不到应有的尊重，男性的不负责任，足以毁掉她一生的安宁、幸福乃至健康，当年逃婚追随那个青年教师时，无知的她还为自己五四青年一般的勇敢行为自豪；而她又带着侥幸心理找到那个大军阀的儿子，无疑是一种无奈而荒唐的行为；遇到萧军她以为从此找到了自己的至爱，但他却依然不能与她长相厮守；在香港，她病重时对友人说，她早就该离开端木，但又不想回父亲家（可见这个男人后来对她并不好）。她逃离了专横的父亲，却仍然没有逃离其他男性的专横，也许是从小缺乏父爱，萧红在后来的一系列抉择中，始终以弱者的角色寻找男性的庇护，她与男性的爱情，始终处于人格上的不平等，总之，她的苦，滋生于她的柔弱，她不该做一条攀援的藤，以小鸟依人的姿态将自己的幸福嫁接于男性的"身体"，以至于一次次的被抛弃、冷落。

看来，爱情是守不住的，一个女人没有独立生存的能力，就没有独立的人格，便很难保证完美的爱情。萧红的悲剧人生，给我们留下了太多的启示。

他是一个任性的孩子

写下这个题目,缘于诗人顾城的诗作《我是一个任性的孩子》。我曾经长久地迷恋于诗中所营造的童话般美好温馨的氛围中,以为那本该就是人间的至美。然而,当我再一次展读诗人几乎变态的"爱情"时,却突而感受到一种生命不能承受的至美——为这个可怜的"任性"的孩子。

顾城的确是一个天才的诗人,1956年生于北京,12岁时就辍学放猪,后随父母下放至山东,在胶东半岛度过了童年。后成为朦胧诗派代表诗人。顾城真正的成长"课堂"不在学校,而是生活。他是一个一直生活在追求至善至美的童话世界里的孩子,他说:"也许/我是被妈妈宠坏的孩子/我任性/我希望/每一个时刻/都像彩色蜡笔那样美丽/我希望/能在心爱的白纸上画画/画出笨拙的自由/画下一只永远不会/流泪的眼睛/一片天空/一片属于天空的羽毛和树叶/一个淡绿的夜晚和苹果……"(顾城《我是一个任性的孩子》)

1979年顾城在京沪特快列车上见到他童话中的"白雪公主"——他心仪的女子谢烨,在他的眼里,她太美了,那婀娜的身姿,那飘逸的长发,那恰如八月的水莲花般不胜凉风的娇羞,就在四目相对的那一刻已经深深地、深深地烙在了这位少年才子的心海,激起了一波又一波的涟漪……他对她一往情深,以至全不能自制。不久,赶到上海,向谢烨求婚。也许是被少年的诚心所打动,也许是出于对才子的仰慕,也许是因为谢烨真的也很爱顾城,在狂热地追求谢烨四年后顾城终于如愿以偿。1983年8月5日在众人祝福羡慕的目光中一对才子佳人喜结良缘。随后他们出国漫游瑞典、英国、荷兰、新西兰、澳大利亚诸国后,定居于大洋洲的激流岛上,开始了自耕自足的桃花源生活。爱情的童话在最起初真的是如此的美好,如果就此搁笔,该是人间

第二辑 烟雨楼台

最美丽的爱的经典。

然而，这个生活在童话王国里的孩子他也会哭闹，任性而脆弱，他的洒脱也许永远只能活在他的文字里，他恣肆挥毫，任意点缀，用诗打造了一座美轮美奂的童话之城。这城肃穆静美、不染纤尘，于是"你相信了你编写的童话／自己就成了童话中幽蓝的花"。只是这"幽蓝的花"有时也难耐寂寞的云，"激流岛"并非永远涌动的是激情澎湃的热浪，和所有走进婚姻的夫妻一样，他和谢烨的爱情更多的则在日复一日柴米油盐的打理中而消磨着最初的激情，眼前的生活已开始一天天的与他的童话之梦偏离、错位，于是这个孩子苦恼、郁闷，直到情人英儿的出现。

因为诗歌，因为参加了一些国内外"诗歌研讨会"，顾城认识了同样爱诗的温婉可人的英儿。英儿的出现像一盏灯，点亮了诗人顾城的童话之城，让它复燃爱与梦的气息。

当英儿当着谢烨的面说出她"很爱顾城"时，谢烨竟然很"大度"地帮英儿办好来新兰岛的手续。我想也许在最起初，谢烨真的是希望用自己的爱感化顾城，过去的谢烨曾经是个无比幸福快乐的妻子，因为她拥有一份令她沉醉的爱——她常说她和顾城的爱是独一无二的，她总是不停地向周围的人讲述她的快乐，她的情感真诚自然，感染了她周围的每一个人。她的自信是从过去的幸福中来的。他相信丈夫绝不会当着自己的面做些对不起自己的事情。然而，她错了，她忘记了他是一个孩子，一个生活在美丽的童话王国里的不受任何理性约束的孩子，更主要的是他还是一个拥有欲望之躯的世俗的男人。

当清纯可爱的英儿出现在顾城面前时，欲望像一头威猛的狮子张开大口向他扑来，他是真的完全被吞噬了。爱情是一个让人沉溺的海洋，那些个日子，顾城就像一个自由的幸福地游弋在大海里的鱼，在情人温柔之洋中忘我地沉醉着，忘记了自己身为人夫，为人父，忘记了相濡以沫的妻子失望的、痛哭的眼神和她在心中已埋下的深深的仇恨的种子。

在顾城的心中，妻子是坚强的，甚至是伟大的，也是最爱他的，放任他的，

他的所爱就是妻子所爱，妻子是他身后的山，可以时时给他依靠，妻子是他眼前的海，在她宽阔的胸襟里可以包容一切，只要他幸福。在生理上他是一个成熟的男人，而在心理上他还是那个长不大的孩子，他对妻子的要求就像一个任性孩子对母亲的要求，这个孩子认为只要他爱的"母亲"总会大度地赐予。也许他根本就无法明白，女人的爱是专一的、纯粹的、容不得有半点瑕疵的，没有一个妻子愿意丈夫当着自己的面与另一个女人调情、做爱。他浑然不知。

英儿要顾城在两个女人之间选一个。顾城拿不了主意，妻子那么宽容，多年来一直温柔细致地照顾自己的生活，这话怎么说得出口？况且，妻子一生守的只是自己这个男人，经营的是永久的家，而英儿追求的也许是暂时的浪漫，一江春水，顺其自然吧。而这"顺其自然"的结果是，这种"两女一男"的生活在"激流岛"上坚持了1年零8个月后戛然收场。

眼前的生活虽然"浪漫"，但绝不是英儿所需要的，是女人她都需要一个最后的归宿，纵使她是一朵被他迷恋着的美艳至极的花朵，但她知道是花总有枯萎的一天，纵使将来香消玉殒也该落于属于自己的爱人的怀抱，她需要一个属于自己的男人，自己的家，甚至自己的孩子……而他能给她什么呢？难道要她一生都要与另一个女人共享一个男人吗？何况她连一个"名分"都没有，那么，她算什么呢？于是在一次顾城领着谢烨从德国回来后，发现他可人的英儿在岛上找了一个老头子已嫁了。

情人英儿的突然离去对诗人顾城的打击是可想而知的，她以为英儿是完全可以满足现在的一切的，然而，他又错了。而此时，妻子谢烨多日来埋藏在心中的仇恨的种子也终于在忍无可忍中破土而出，长成一棵愤怒的树，树上缀满了报复的果实——她已经不再是他那个温柔体贴的贤妻，是他改变了她，于是从最初的争吵，直到最后妻子义无反顾地要求离他而去。

"我想画下早晨／画下露水／所能看见的微笑／画下所有最年轻的／没有痛苦的爱情／她没有见过阴云／她的眼睛是晴空的颜色／她永远看着我／永远，看着／绝不会忽然掉过头去"（顾城《我是一个任性的孩子》）他至爱的两个女人都要离开他了，他的童话的王国，因为无法承受生命的至美，眼看着而将在瞬息之间土崩瓦解，他笔端构建的"没有痛苦的爱情"，那个"她永远看着我／永远，看着／绝不会忽然掉过头去"的两个最爱的人一夜之间将不再属于自己，都已决然地"掉过头去"，不再"永远看着我"，他茫然、痛苦，没有了她们，他该怎么办？

　　"撕碎那一张张／心爱的白纸／让他们去寻找蝴蝶／让他们从今天消失。"至此，他像一个脆弱无助的孩子，感觉不能得到某种东西，就毁掉了它。1993年10月8日，在与谢烨的又一场争吵后，失去理智的诗人举起斧头，砍向他深爱的妻子的后脑，只因为不能接受她的背弃，然后自己上吊……这一刻，不是他人生舞台的最后的华丽转身，不是安徒生童话最后的一个绝美的句号，而是一声惊世的长叹！

　　"在灵魂安静之后／血液还会流过许多年代。"（顾城《设计重逢》）许多年后，如果他（她）们魂聚"激流岛"，他是否依然会对她们说："我真的很爱你们，现在仍然爱着"？他是否已醒悟，自己曾经是一个多么自私的男人？爱情需要向往，而婚姻必须坚守和滋润，他总是在遥望中寻找浪漫，寻找从前，用风花雪月的放纵来折腾落到地面的人生，使生活变得寡然无味。他是否也曾忏悔，对于家庭，他只是在分享家的快乐，而没有尽到主人的责任……他曾经真的是多么惨痛地伤害过自己至爱的两个女人。

　　然而，我们终究无法用世俗的眼光来看待诗人的人生，他必定还只是一个生活在自己编织的至善至美童话世界里的永远也长不大的任性的孩子，人间的烟火，世俗的伦理总是缥缈于他的童话之外，这样的一颗心，于俗尘中行走，想必注定着是一场悲剧，不说也罢。

丝路情驼铃声

从长安出发，此去，这条路似乎就再也没有尽头。只因为通向幸福，一切也就变得云淡风轻了，更何况还有这丝路驼铃，那叮叮当当不绝于耳的声音，才是这寂寞旅途中最温暖的陪伴。

告别了熟悉的家园，告别了至亲至爱的人，这瘦弱的骆驼的脊背上，驮起的岂止是远去的行囊？

驼铃声由近及远，"叮当、叮当……"，当与那个熟悉的身影一起逐渐消失成远方的一个点时，那碎了一地的是谁的心？

还是在昨夜，那个准备出远门的儿子还坐在灯光下，看年迈的老母亲为自己缝缝补补，听她絮絮不休地万千叮咛，那密密麻麻的针脚里藏的可全是爱呀！不知道这一别又是几年？还有蹲在墙角一声不吭的老父亲，此刻，那抽着旱烟的节奏却更加快了，那烟头的星火比天上的星星还要明亮。

新房里的娇妻还在等待着，这个才结婚三天的新人哦！今夜，她脸颊的娇羞比天边的朝霞还要绯红，她无法接受，那如蜜的日子才刚刚开始，怎么就要面对分离？今夜，她一次次地缠上来，像一根藤，要把他攫住，她是多么舍不得他走，她可是要和心爱的人朝朝暮暮的呀！怎堪如此匆匆地相聚又分离？

幸亏，此去的旅途是以幸福的名义，为了幸福，他们把泪水化成笑容，好男儿志在远方；幸亏，此去还有这丝路驼铃相伴，这熟悉的亲切的声音，足以慰藉旅途的寂寞、相思与疲惫。

驼铃声声。

驼队一路向西，绵延万千公里。此去的日子，总是有着意想不到的痛。走在一眼望不到头的荒漠里，若是晴朗的天气，倒也还是可以消受的，出门在外的人早已做好了吃苦的准备。此刻，荒漠很安静，静得只剩下这悠悠驼

铃，在游子的眼里，它们是亲切的，像亲人的声声叮咛，一路相随，想到这里，再艰难的旅途，竟也有了丝丝甜味。

然而沙漠的风暴总是在猝不及防中到来，常常惊得旅人措手不及。风卷着沙，扫过片片沙丘，由远及近，层层推进，瞬息间，驼队被沙暴掩埋，货物散落一地，旅人疯狂的嘶喊，几乎都要被这漫天的风沙掩埋了。已经顾不得痛了，驼铃声竟和人心一样的慌乱，长途的跋涉，干燥炎热的气候，还有这突如其来的灾难，无论是怎样的铁骨铮铮，又怎承受得了？而灾难又岂止于此？狼群、火山、雪崩、强盗、死亡大漠……唯有这慌乱中的驼铃哦，依然亲切，温暖如初，急急中，似娇妻羞赧的脸颊，慈母家门口的等待，都齐齐地拥了过来，成了这寂寞苦旅中唯一的慰藉，竟有秋阳般的激励与美好！

其实，无论这沙漠上的风如何地吹，也吹不动旅人沿着丝路奔赴幸福的信念，那是心中的"风"要去的方向。自当年张骞出使西域，开拓了这条古文明之旅，这条丝路的驼铃声似乎就没有停歇过。东晋高僧法显、唐代高僧玄奘，以及那些许许多多叫不上名的热血男儿，他们用足迹拓宽了这条路，在丝路上留下了百折不挠的传奇故事，他们用不绝于耳的驼铃声织出一条幸福之旅。

"你叮叮当当的驼铃声是个美丽的错误……"多少次，慈祥的母亲站在家门口，望成一尊雕塑。多少个夜晚，那个结婚三天丈夫就踏上这条丝绸之路的娇妻，错把那梦中驼铃当夫归，她常常夜半奔向村口那条路，可怎就不见夫归的身影？直到有一天，那出行的驼队真的回来了，他们捎回了她丈夫的遗物——从被沙尘暴掩埋了的她丈夫的尸体上，拿回的那掌心紧握着的她走时系在他腰间的罗帕……

两千多年了，当年，那少妇撕心裂肺的哭声早已被历史的风尘掩埋得无影无踪。人类所有的进步，总需要一些牺牲。悠悠驼路上，多少圆梦人富甲一方，多少人遗骨丝路？一代代驼工九死一生踏平了驼道，换来的是故土的繁荣，大唐的兴盛。"大漠孤烟直，长河落日圆"，夕阳下，驼队威武，驼铃声声，这如画的意境似乎早已冲淡了那许多个羁旅的疲惫与艰险，已成历史长河中一道亮丽的风景，因世界目光的聚集，散放出无限灿烂的光芒。驼铃声声，岁岁年年，向世界讲述着，这丝路上，一个人类不老的文明。

永远有多远

终于可以拥有一大把的时间去随意挥霍了。

因为搬家的原因,在这个阳光依然慷慨挥洒的夏日的午后,我把自己圈在家里,收拾着那些多年来积攒的鸡零狗碎,却发现,属于自己的最多的除了那些发黄的旧书,还有一些书信和手稿。于是,翻阅那些信,那些十多年前的记忆,十多年前的心情,十多年前的爱与忧伤,十多年前一个少女的梦之魂,十多年前的那个王子曾经怎样地住进了她爱的心脏里:"梅,我爱你,我可以对天发誓,今生今世只爱你一个……""梅,我说的是真的,纵使你这辈子啥都不干,我都愿意养活你,因为你是了不起的……"那一刻,一个人坐在书房里,我泪流满面。

朋友,你可曾迷醉于《高山流水》的美妙?那么你一定知道琴断那一刻撕心裂肺的疼痛。梦断了,心会痛,心痛了,该在岁月的河流里浸润多久,伤口方可痊愈?

只是,有些伤口,看似愈合了,其实它一直潜伏在记忆的渡口,在每一个暗夜里,一旦被不经意间碰触,依然会撕裂开一道长长的伤痕,然后疼痛、流血、流脓……

我以为我可以忘记。我以为我早就忘记。

我以为我可以像一只快乐的蝴蝶牵着爱人的手翩翩飞向永远,我以为我从此可以飞向一片青青的芳草地,那里繁花似锦、鲜花如云……曾经,我站在云端里看风景,而终被风景重重地摔向现实的地面,面目全非……

那个曾经说过"今生今世只爱你一个"的"王子",只因为"你已不再是他心目中的公主",一个月后便离我而去了。我以为我可以抓住永远,可没想到诺言的期限竟如此的短暂?

如果，曾经的痛是因为爱人的离去，而今天的痛则是因为诺言的背离——也许我曾经爱着的只是心中的一种情愫，一朵雾里的花，一片缥缈的云，一个不是故事的故事。他最终做了谁的新郎？他今天依然在谁的故事里流浪？于我，都已经很不重要了，重要的是这些发黄的信笺，这本初恋的日记，记录着我生命中的一个不可更改的轨迹……

这个世界，谁把谁真的当真，谁会为谁真的心痛，谁又是谁真正唯一的人？没有永远，都是阶段性的。

回忆的美好，永远代替不了现实的残酷。

忘了吧，包括某天涯海角，某年某月某一刻的那一次醉心的拥抱……

将这些日记、这些信笺继续压在箱底，不舍得撕碎，就让它们在岁月里风干吧！

于是，依然问自己，永远有多远？

永远有多远？它是恋人冲动时开在唇边的一朵罂粟花，每一个吻过它的女人注定要度过流泪的人生。

永远有多远？它就在我们一路前行的梦境里，鬼魅着、诱惑着、迷恋着也怀疑着，无论走多远也不忍丢弃空空的行囊……

永远有多远？在你跋涉多年，永远也不能抵达的远方……

第三辑

旅途风景

秦岭雾

那天我刚到秦岭，就被一团雾包围了。

那些雾气是从沟底撵上来的，我是从车窗的反光镜中看到他撵上来了，目光狡黠，冷冷的，我其实已经很生气了，他想干什么呢？我停下车，站在路边，看他，想问问他，有什么事什么话就不能光明正大地说吗？谁知，见我停下，他也停了，站在那里，一脸诡秘的笑，还是一句话也不说。我真想给他一拳头，像兄弟那样，像对手那样，甚至还可以像仇人那样。这样想的时候，我就真的伸出了拳头，夹着风朝他挥过去，可是他躲过了，我扑了个空。我的心情沮丧到了极点，莫非他一心要做我的敌人？可我没有一丝战斗的激情，每一次去秦岭，我都是奔着美好而来的呀！我想加快车速，希望能很快甩掉他，可他总在前面挡路，我左冲右突，不得向前。

看来，这一程，注定着要做他的俘虏。直觉再次告诉我，我被包围了，或者说是被围剿了，被一个叫秦岭雾的家伙。

我所能看到的路程，只有眼前巴掌大点的地方。再远点，除了秦岭雾，还是秦岭雾。多么奇怪，多像人生，不是每一次遇见都很美丽。有些人，有些事，你不喜欢，也不想招惹，见了只想绕着走。可他偏要挡住你的路，让你手脚不得伸展，让你认不清过去，也看不到未来，你就这么被困着，不能躲过，毫无办法。

我知道，我被他包围了，而且唯一的选择只能是束手就擒，或者向他妥协。

我一边与他周旋，甚至劝说自己学会感恩，感恩于他让给我的那一寸寸伸展的巴掌大点的前路，让我得以蜗牛般地爬行于自己想要的秦岭之旅，登上秦岭之巅。

在这样的极端的、自私的"拦路虎"秦岭雾面前，所有的美好，似乎只

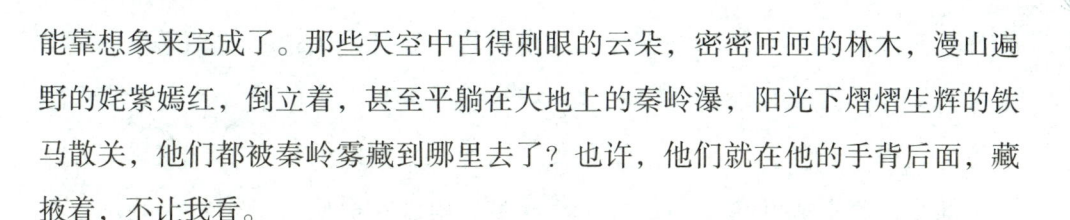

能靠想象来完成了。那些天空中白得刺眼的云朵，密密匝匝的林木，漫山遍野的姹紫嫣红，倒立着，甚至平躺在大地上的秦岭瀑，阳光下熠熠生辉的铁马散关，他们都被秦岭雾藏到哪里去了？也许，他们就在他的手背后面，藏掖着，不让我看。

"你把他们拿出来，把这些属于秦岭的，属于人类共有的美好拿出来！"我用目光朝他吼道。

群山沉默无语，秦岭守口如瓶。世界很简单，依然只剩下他一脸狡黠的笑容。

那一刻，我突然感觉到，我几乎要在他的笑容里沦陷。在巨大的是非曲直面前，如果没有一种声音的呼唤，人是很容易沦陷的，有时候，征服我们的仅仅只是一个眼神，一个坏坏的笑容。你怒，他不怒，而你最终被他降伏。要不，这世间，怎么会有这么多"冤家"呢？

唉……

有雾的秦岭，湿漉漉的，就像母亲刚从池里捞出来的衣服，那些水似乎怎么也拧不干，就像我此刻的心情，湿漉漉的，等待着阳光的烘烤。就这样，一路随着秦岭雾，沿着蜿蜒的山路朝前走，想象着幸福就在前面招手，而我就是那只奔跑的蜗牛。

谁知，快到山顶时，他却一改常态，一个箭步，一个倒退，一声轻呼，飞出百米之外，躲在远处一个树杈杈上，朝我嘿嘿地笑着，我也笑了，不禁嗔道："你呀！真像一个顽皮的孩子。"

我的眼前豁然开朗了起来，突兀的山，挺拔的林木，飞流的瀑布，还有笑脸盈盈的一些不知名的花草，那些被他藏掖着的美好，一下子被抖了出来，在掀开秦岭雾盖头的一刻，俊美如少年。站在我眼前的是秦岭的脸蛋，秦岭的身材，秦岭的血脉与骨骼，秦岭的脊梁……一切都是我喜欢的模样。

真好！一切都是我与秦岭初见时的模样。在那一刻，我又有了一种与故人相逢的欢喜。而他又会给我更大的惊喜么？

哦，亲爱的，忘了告诉你，我来时天空正下过一场小雨，这秦岭山中正弥漫着潮湿的雾气。他围剿着我，却也真的陪我到了山顶，现在想来，一路走来，他才是我真正的朋友。此刻，空气中散发着泥土的清香，秦岭草木的芬芳，我抬头望时，那孩子正站在我对面的冷杉林的树杈，"噜噜噜"，又只几个箭步，就把好几个山头占领了。此刻，他卧在树杈杈上望着我笑，时而又躲在山后面朝着我发出"咯咯"的笑声。

我是真的爱上了这秦岭雾，觉得他才是开在秦岭上最美丽的花，那花是和别处不同的，开得奇特、有灵性，就像观世音脚下踩的莲花。

这样想的时候，眼前就真的开出了一嘟噜、一嘟噜，一大片、一大片的秦岭雾花，他们邀来了天上的云花一起来这山涧绽放、跳舞，纵情地嬉闹，多么美！云雾缭绕，如入仙境，这"人间仙境"该会存放多少美好的故事？当如爱人的情语那般柔软吧！柔软得就像一个梦，像一个爱做梦的孩子，梦中常出现富丽堂皇的宫殿和美丽城堡，美得不想醒来。

秦岭绿

秦岭的绿是沿着春天的沟壑从山顶直淌下来的,泼得偌大的秦岭满身都是,泼得旅人来不及躲闪,再望时却已经是满心的欢喜了。

在刚刚过去的这个冬天,秦岭之上,寒风如凶神恶煞的野人恣意肆虐,他的脚下带着剪刀,手中挥舞着长矛,在空中狂舞着。那些已经落尽了叶子、裸露着光秃秃枝干的树枝在他的巨斧下"咔嚓咔嚓"地断了手臂,血水倒流入心,发出凄惨的呻吟。他揪住沟里芦苇的一头白发,一会儿揪过来,一会儿拽过去,口里发出一阵野人般的狂笑。地上的野草早已吓得哭成一团,跪地求饶,可野风什么也听不进去。就连那最后一只在这秦岭山头瞎转悠,想着觅点吃食的小松鼠,也吓得一个飞蹿,躲进了洞里,和其他吓得瑟瑟发抖的小动物们一起竖起耳朵,听着外面的动静。唯秦岭的雪,因为一个冬天囤积得太厚,而依然可以保持着岿然不动的姿态。野风用他带剪的双脚,在它雪白的肌肤上粗鲁地掠过,也只是划了一个弧度,天地间却更显空旷与宁静了。野风也终究是一个欺软怕硬的家伙,他除了把那些卧在柏树尖的雪花重新赶回到地面外,拿这些雪花却再也没有了办法。而回归尘土,于雪花而言,又何尝不是一种成全。

雪花是秦岭大地最忠实的爱人,这是我后来才知道的事情,是我在大地复苏后的春天里才突然间明白的道理。是这层层雪花孕育了秦岭的绿,在最艰难的时刻,在夜风带着屠刀肆虐秦岭的无数个日子里,拥着他,给他美,给他安全,也给他以冬日里最酣畅淋漓的生机。她完全把自己交给了秦岭,雪化成水,滋润着一方土地,完成了一次对伟丈夫——秦岭生命之绿的承诺,在阳光遍地的人间春色来临之际,给他以最炽热的表白。

绿色是雪花亲手交给秦岭的爱的信物,足可以让秦岭牵挂四季轮回,喂养并丰腴着这山中流年。他的日子也因此而活泛了起来，一天天焕发出勃勃生机。雪花一走，秦岭便开始泛起了思念的绿，这绿色先是从阳光第一缕就照到的东边的山头开始的，雪水丰润，土地肥沃，那小草的绿就开始沿着那些思念的边缘一寸寸洇开，先是青翠的嫩绿，再后来，这绿便一寸寸疯长，在山巅、在沟壑、在秦岭脚下，不几天就占满了整个山头，密密匝匝，把偌大的秦岭挤得密不透风，海潮般掀起泛滥的绿色相思之汪洋。

这绿，盛夏时分，已被秦岭演绎到极致。

我是在盛夏午后时分来到秦岭的，无疑，在都市的闷热和烦躁里，回归秦岭是一次随心所欲的逃离。那天，秦岭扯开他绿色的胸襟接纳了我的到来，绿色的山、绿色的水、绿色的林木拥抱着大地，就连头顶那太阳的眼睛也泛着绿光，就连主人招待我们的食物也是"绿色"的。我看见那些绿在山涧流淌，瀑布般飞溅着，掀起一层一层的浪花，那浪花扑面而来，我来不及躲闪，溅得满身都是，湿了鞋袜，可心却是欢喜的，浸在这绿色之汪洋里，要多舒坦就有多舒坦。

那夜，我久久不忍离开。从秦岭脚下一户人家里端来了凳子，坐在秦岭脚下，看夜色潮水般把眼前这些绿色覆盖。可又怎么能覆盖得了呢？秦岭静得出奇，我似乎听到了他的心跳和呼吸，此刻他在想什么呢？抬头望天，几颗星星眨巴着眼睛正在和地面的灯光说话呢，它们说的什么，我一句也没听进去。急急欲伸手采摘，却怎么也够不着，心却失落了许多。我想，它们会不会从天上掉下来呢？掉下来，把秦岭夜色下的绿映成翡翠？而我又觉得，此刻，从天边落下来的，该还有雪花，一朵、两朵，开在秦岭的发髻里、胸口上，或者正伸出的掌心，让这漫山遍野的绿多一份曼妙的爱的呓语，这才是这个夜晚本该有的传奇……

真的，我以为，绿色是开在秦岭心尖上的花，落在他心口的一粒朱砂痣，是秦岭活着的主题。

纵使在红叶遍地的深秋时分，亲爱的，请不要告诉我，说这绿色已逃离，诉说秦岭对爱的背离。那恰是他生命的另一种存在，绿至极致即为红，红得烫手，燃起了火焰。

  如果说绿色是热爱，眼前这火红才是爱之热烈，如激情燃烧之至尽，如烈火烹油之热烈，如飞蛾扑火之忘我。大凡世间轰轰烈烈的爱恋，都需要这样的一场酣畅淋漓的表达，秋色展示于我们的恰是绿至极致的秦岭，万物动容，美不胜收。

  这世间的色彩无数，而秦岭的绿总是一次次地牵引着我，让我流连忘返。在心里、在梦里，甚至是作为一种精神家园的存在。纵使身处异乡，还是时时想起这唯秦岭雪水喂养的神奇存在，这泰山般厚重的旷世恋情，爱着我的秦岭，那绿色流淌着的心泉，岁岁年年，润我心扉……

秦岭雪

雪是秦岭的魂。

雪落下来时，天空就成了一架巨大的播种机，只一夜间，秦岭的沟沟壑壑，山山水水，就连那些树杈上，都植满了这些白色的精灵，她们紧扒着泥土，缠绕着树枝，或者已经干瘪的苇条，无处不在。雪真的有着顽强的生命力，落在哪里都不忘开花，像一群不速之客，只一夜间就把偌大的秦岭客厅挤得密密匝匝。

仁慈的秦岭总是扯开自己宽大的胸襟迎接这些客人的到来，接纳了她们带给自己的粉妆玉砌的世界，也允许她们在自己肥硕的土地搭起一片圣殿般的庄园、童话般的琉璃世界。。

秦岭披雪，万物动容。纵使那些个最安静的灵魂，也藏不住心海的暗流涌动。

先从山上的小洞里蹿出来的是两只小松鼠，起初，它们怯怯地探出头，用自己好奇的小眼睛探寻着外面的世界，谁知这一看，眼珠子就再也转不动了，简直是太美了，那些晶亮晶亮的雪花几乎要晃痛了它们的眼。即刻，心儿便开始飞翔，不由得想要在这片雪地里撒一次欢。它们爬上树杈，掩藏不住内心的悸动，本想纵情一舞，谁知脚下却打起了滑，一不留神就滚了下去，抖落了一树的雪花，再起来时整个已成了一个滚动的圆雪球，身边站着的是一个刚跟爸妈从都市赶来的娃娃，娃娃拍着手，面对它滑稽的表演哈哈大笑着，它看到，那娃娃脸蛋圆嘟嘟的，穿得圆嘟嘟的，沾满雪花的身体更像个雪球，他们望着彼此都笑了，很快就玩到一起了。

因为一场雪，在古老的秦岭，人和动物之间竟也可以如此和谐相处。

雪到秦岭，就扎了根。

无论是多么小的雪花,哪怕是因为无处安身一不小心撞进秦岭之怀,总是会被秦岭的仁慈之手拽住衣襟,不让走,也舍不得走。是呀!这么美的秦岭,这么热情的"主人",又怎舍得离去?这一点,浮华的都市是做不到的,雪一落地,便找不到根,被匆匆行走的万千行人踩踏,被烟熏火燎的来自火锅店的热气炙烤,被各种喧杂的吵闹声惊扰,被一切欲望的灵魂裹挟。他们都说爱她喜欢她,却并没有真正地接纳她,于是雪花一走进都市就流泪了,流干了自己,了无踪迹。唯秦岭草木有情,静静地,慢慢地,以温润之手拥她入怀……

可这世间,总有一些诗意的灵魂愿意追随雪花的脚步,在这秦岭之巅,跋山涉水,只为一睹秦岭雪的芳容,寻找人间最初和最后的最圣洁的爱情。

于是,当天空不再飘下雪花时,都市里的人们便开始感受到饥渴,一种来自灵魂的饥渴。他们需要这样的一场雪来润泽干枯的灵魂。于是,自整个冬天以来寂静的、荒凉的、沉默的,甚至已被遗忘的秦岭便开始热闹了起来,活泛了起来。在某一个清晨,一身西装革履或者穿着花花绿绿的男男女女便开始跳跃在整个山头。望着漫山遍野的秦岭雪,无不发出啧啧称赞!他们是真的被眼前这玉树琼枝、粉妆玉砌的世界震撼了!太美了,人间还有这么美的世界,这么美的秦岭雪,莫不是误入童话里的庄园?

人们欢呼着、跳跃着,在雪地里拍照,或者就地打几个滚,拼着命踩着一地的雪花,在山上奔跑,让多日来积攒在心头的烦心事在这样的奔跑中消散。原来对于生活,我们要求的真的不多,只是需要这样的一场秦岭雪来净化心灵,原来幸福可以如此简单。

当秦岭积满雪花的时候,真的是一个可以让人陶醉到忘掉一切烦忧的地方,不只是因为秦岭博大的胸怀,不只是走进大自然的那份纵情,你只要往这山头一站,看着这些从山底漫上来的圣洁之气,一切浮躁的情绪便顷刻间平复。一切人之初的美好与本真再次凸显。你看,你看,对面,山那头,几个已不再年轻的男子汉,这么冷的天,竟然光着膀子,双手叉腰,一副威武之气,在雪地里拍照,聊发少年狂,惹得周围人不由自主地为他们鼓起了掌。真好,那是一种真正地逃出都市樊笼的放纵,一次男儿真性情的流露,一切卸下生存面具后的欢腾。

亲爱的，如果可以，我愿牵着你的手，沿着这冰雪之路一直往前走，往前走……纵使从此我的世界里再也没有春花烂漫迷人眼，没有夏荷绚烂、秋色迷离，而我只要你，在这水晶般童话般的冰雪世界里，每一天都会美到迷醉。在你我牵手走过这琉璃世界的那一刻，世界简单到只剩下幸福！

有没有一条道路可以抵达永恒？有没有一种美可以循环往复？

如果没有来来往往赏雪的旅人，如果没有这丽日当空，长长的冬日里，神奇的秦岭就一定要做那个盖着银被、枕着玲珑雪的睡美人了。静静的秦岭，静静的白天和黑夜，静静的银被下的睡美人，她酣酣地睡着，微醉、微笑，千般娇媚，万般风情。问世间还有什么能抵得上她的美？即便是有人打扰了她的梦境，她也是微笑的，微笑中的她，美不胜收。

丽日当空，群山绵延，这一刻，簇簇的雪花更像一条流动的江河，飞悬的瀑布，沿秦岭而下，扑腾腾直往人们的怀里钻。人们知道，阳光到来时，雪花也将要离开了。人们惊叹于她离去时的妖娆，妖娆里的美，转身间的华丽。真要离开吗？只有雪花知道，她只是要以另一种方式而存在了，她是秦岭雪，她的身体、她的灵魂，她的一切的一切终归要交给他，毫不保留。这一生，所有的盛放与凋零，只为她的伟丈夫——秦岭。这是上天赐就的姻缘，这是千年前就曾有过的约定。

世间所有的约定都是美丽的。

在这样的一个开满了雪花的晌午，阳光普照，白云悠悠，神奇的秦岭雪要赴一场美丽的约会，践行一个伟大的誓言，奔赴一场生命中注定的永恒。在这刹那间里，在透明如醇蜜的阳光下，她在欢呼、在飞旋，同时幻化成无数游离浮动的光点。

总觉得这是一场可以放进任何一种时空里的聚合。可以放进《诗经》，可以放进楚辞，可以放进古典主义，也同时可以放进后期印象派的笔端——在人类任何一段美丽的记载里，都应该有过这样的一个晌午，这样一场秦岭雪融入泥土的纪念。

古典主义

《诗经》

楚辞

后期印象派的笔端

雪入泥土，秦岭动容。神奇的秦岭雪，她用饱满的爱与泪水喂养着秦岭的博大与厚重。

春天已经到来了。

丽日当空，秦岭泛绿。各种不知名的陌上花朵占据了整个山头。总有穿着红衣的女子姗姗走过青绿的林间，微风拂动了那女子的衣裙和发梢，林间散发着花草的香味和一些潮湿的气息。

"秦岭雪！"那女子不禁叫了起来。她闻到了，那是秦岭雪在地下发出的声音和味道。这个春天，她依然能够想起，她的秦岭雪是怎样的在阳光下，一面盛开如锦，一面又纷纷凋零。

虽周遭无限，循环往复，但总有一些美好一直在定格，一如一些人、一些事，从来不曾被忘记。

雪花落尽，而那女子的耳中依然留有花开的声音。一朵、两朵……在丽日当空的秦岭，簌簌又簌簌……

秦岭有宝

卸下一切生存的负重与疲惫，我只身前往秦岭，背着空空的行囊，只带一颗朝圣的心。

一到秦岭，迎接我的是扑面而来的风。时令已到了初秋，山上的叶子已经不再是一片盛夏的绿的汪洋了，而是交织成一片红、黄、绿、白的姹紫嫣红。占主角的依然是那些高处的红，像一面面胜利者的旗帜，在风中猎猎作响；像水墨画中的那一抹殷红，看得人心都要跳出来了，跳出来与他进行一场心灵的约谈；像跳动的火苗，似一些燃烧的情欲。当日，来秦岭看红叶的人可多了，他们与这一簇簇的姹紫嫣红对视时，几乎是齐齐发出一阵狂呼，我几乎也要被点燃了，这是人间所有与美对视间的那一份纵情的欢呼。而我再看这些红叶时，更觉他像恋人那颗滚烫的心，因为那种近乎于疯狂的爱恋，几乎要把自己燃烧成一片赤红。

相比于盛夏的那一抹温润的绿，金秋秦岭更是美不胜收。如果说盛夏秦岭是小桥流水的叮咚之美，而金秋秦岭就是那湍急的河床，涨潮的海，一汩一汩地倾泻，一浪一浪地拍打过来，看得人心潮澎湃，挠得人心痒痒，仿佛全身突然间就有了使不完的力气，突然间就有一种想要挽起袖子大干事业的冲动。

我知道，这是博大的秦岭所赐予我们的力量。我不由得加快了脚步。

秦岭有宝。姹紫嫣红是宝，激情澎湃亦是宝，无价之宝。

风似乎小了下来，隐匿在一片姹紫嫣红里。阳光走了过来，以温柔之手抚摸着秦岭的肌肤，我看见那些以红色为引领的姹紫嫣红兴奋得脸上发光，仰起脸，向阳光报以羞报的微笑。

我的心不由得颤了一下。多么好！也许人间所有的爱，仅仅是需要这样的指间轻抚，而后对视一笑，从此，你我懂得，如此而已。

在半山腰，我与一只麻雀相遇。她就在离我不远的地方，身后是一块收割后的庄稼，左边是一片苇丛。她在看着我，她看我时我报以微笑，我想她也该是高兴的吧！毕竟秦岭是我们共同的家园，我们本来就是好朋友，可是她没笑，她也许笑了，只是隔着几米的距离，她又那么娇小，我没看见。于是，我就朝她喊，怕她听不见，又拍着手向她打起了招呼，问候我这个亲密朋友。谁知，这下可坏了，她估计是以为我要伤害她了，竟扑棱着黑色小翅膀，掠过苇丛，消失成远方的一个黑点，然后就没了踪迹。

那一刻，我懊悔至极，你说我这是怎么了，明明是爱至极，可总是惊吓到对方，我们与野生动物的距离，究竟还有多远？还要我走多少路，才能走进它们的心里？

幸好，秦岭是包容的。生于她怀抱中的所有的植物、动物，都是我们眼里的宝，都是这山中高贵的生灵。

那一刻，我对一只麻雀心怀愧疚。我知道，秦岭还有野兔、美丽的梅花鹿、漂亮的朱鹮，甚至还有老虎、豹子等庞然大物，但他们都藏到哪里去了呢？莫非，他们和那只麻雀一样，依然对我们心存戒备？

但我想，无论他们有多大的委屈，但只要是躺在这秦岭的怀里，他们一定都是幸福、快乐的，因为他们都是秦岭母亲的宝贝。

秦岭有故事。

秦岭的故事是那些随处可见的千年石头告诉我的，是刻在石头上的文字告诉我的。

我在秦岭行走，我在一簇簇红叶、黄叶与野草间行走，一路上，那些顶着白花的芦苇向我频频颔首，以示问候，那些山间小路亲切如同故人。路旁，总不时会看见一些石碑记录着大秦岭的前世今生。无论是"铁马秋风"的大散关，当年李太白曾泼墨留痕的太白山，还是杜鹏程黑夜走过的灵官峡……他们的故事不只留在石头镌刻的文字里，更留在华夏儿女的心中，成为如我般路人眸中的无数次惊喜。秦岭无言，石碑留痕，留下的可是秦岭的魂哦！

我依然行走在秦岭，以这个秋天的脚步，更以四时交替之足迹。我在想，古往今来，这秦岭该留下多少重叠的脚印？这情形不就是"江山如此多娇，引无数英雄折腰"之真实写照么？仰慕、赞叹，奔泻的情感一触即发，怎一个"爱"字了得？在大散关，友人告诉我，目前这里已是红色教育基地，闻之欣喜，红色，多好！本该就是秦岭的颜色。一个没有接受过秦岭之润泽、洗礼的灵魂，怎堪当"生"之责任？

巍巍秦岭，雄伟壮观。下山时，我再次抬头仰望，群山林立，高峰处已有云雾缭绕，如同仙境，尤是那群山姿态各异，形成秦岭之壮观。想明日旭日初升时，这山间该又有怎样宏伟的奇观，不禁喜不自胜，心欣欣然……

秦岭有宝，宝在一山一石、一草一木、一鸟一林，宝在我们的视野里，在刻在石头上的故事里，在他四时变幻之风景里，无处不在，非有博大之胸襟者不可得也。

而我幸得一二，不虚此行，喜归。

18万亩洋槐花海的荡漾

这是一片怎样繁盛的景象？

在农历五月天的人间扶风，那个叫野河山的地方，大片大片的槐花恣意地绽放着，一嘟噜一嘟噜白色的花絮缀满了枝头，汪洋般，在这拥有18万亩洋槐花海的林间恣意铺展。似白云，飘成了每一个走过它的可心的人儿心头的一抹绚烂，阵阵花香扑鼻，引来了恋花的蜜蜂，也醉了忘归的旅人，这世间还有哪一处风景能抵得上它的美艳？

置于这绝色风景中的是一个名叫杨玉环的绝色女子，但见她，面若芙蓉眉如柳，唇红齿白肌如雪，一凝眸、一垂首、一顿足间，亦有千般媚态、万种风情，简直太美了。这山上原本也曾有过桃花、杏花、刺玫花、牵牛花等万千花朵，它们曾经是那样狂傲地独霸过这山头。只是，自这个叫杨玉环的女子诞生后，那是一种怎样的绝世的惊艳哦！"回眸一笑百媚生，羞得桃李无颜色"，它们便再也不敢在这山头露面了。倒是这18万亩洋槐花，汪洋般在山中铺展，如那女子纯洁无瑕的心灵，如她在这里度过的无忧无虑的童年。曾经的日子，如这盛放的槐花，洁白、芬芳、美丽，幸福曾经是如此的简单而又美好，如这18万亩洋槐花海的荡漾。

她爱这些槐花，槐花亦是喜她。这山头，曾经是她童年的乐园，她的玉足踏过的这里的每一寸土地都是如此温软，处处留香，亦是十分迷人了。尤是这18万亩槐花开疯了的季节，那女子的快乐也便一天天疯长，在山巅，在路旁，在家门前的老槐树下，她常常踮起双脚，纤纤玉指摘下一束束这些个可爱的白色的精灵，嗅着醉人的花香，微闭着那双足可以把这山间槐花的魂儿都勾走的凤眼，默默祈祷着一个情窦初开的少女的梦：愿上天赐我一个如意郎君，愿我的人生永远像身边的槐花一样洁白、美好，幸福的芬芳四处弥漫。

他来了，他真的来了？那是她梦中的白马王子么？世间是否真的有一个男子，足可以配得上她的天生丽质、举世无双？

此后的日子，槐花年年开，但伊人不再。她去追随了她的梦，她梦中的白马王子，他和她一样，善歌舞，通音律，浪漫多情，她是他的佳人，他亦是她的才子。他还拥有至高无上的权力，给了她以及她整个家族富贵荣华。他拥有后宫三千佳丽，却集万千宠爱于她一身，独看到她的好。她太幸福了，拥有了人世间那么多的宠爱。世间最幸福的女子，当属玉环也。上天哦，你怎么可以让她独占这么多的荣宠？莫非槐花有灵，助她一臂之力？

爱如罂粟。曾经她倾情于18万亩洋槐花海的荡漾，如今，她更爱他醉生梦死的爱之罂粟。那段日子，她是多么的幸福，日日与他歌舞升平，凭着她惊人的美貌，还有他给她的爱，足可以让她的田地里不用劳作就可长出蔬菜和麦子，收获世人的艳羡。作为一个女人，这不就是她追逐的最完美的爱情和幸福吗？可是她忘了，他不只是她的丈夫，还是国君，当江山、美人舍去其一时，她于他，又何足轻重？

"天长地久有时尽，此恨绵绵无绝期。"马嵬驿一场兵变，瞬息间，掐断了她所有的幸福，从此香消玉殒。她有错吗？美貌也不是她的选择，她只是真心地爱过一个人，只是追求过一个小女人的幸福。也许她真的爱错了，她原本就该安安分分地做她的寿王妃，那个大男孩，曾经就像她故乡那些洋槐花，单纯，虽然不像他的父皇浪漫、通音律，可也是疼她的。而眼前的这个男人，利用手中的权力占有了她的美丽，也给了她火一样的爱情，给了她无上荣耀，却也最终掘了她的坟冢。当所有的爱恨交织在一起时，有谁知道，黄泉路上，她走得凄然？

"往事越千年，换了人间……"贵妃去了，但她的故里野河山还在，18万亩洋槐花依然年年盛开。勤劳善良的扶风人民，为了保存这一完好的贵妃遗址，在山上修了"落日关山""贵妃梁""贵妃冲沟"等标志性的景点，来纪念故乡这位远去的美人。

在前往野河山风景区的入口处，我们看到了一座贵妃塑像，依然雍容华贵，美艳无比，她的旁边站着她一生中拥有过的两个男人。此刻，她在想什么呢？"喧哗深处是寂寞"，这极致的寂寞后面，又该是对前世今生怎样的深深的刻骨的回眸？她一定是在说：姑娘哟，不管你是否拥有绝世的容颜，请一定要活得如这山间的槐花一样的灿烂、纯洁而又简单，但如果你和我一样，一不小心拥有惊世的美颜，请一定要、一定要好好地把握，莫让罂粟醉了梦幻、毁了红颜……

而这又能怎样呢？我们只记得这山间曾经住过一个如花似玉的女子，记住了她的美好，记住了这18万亩洋槐花海的荡漾，在美丽的关中扶风一个叫野河山的地方，年年槐花盛开，惊艳了岁月，醉了流年，是你是我是他，是每一个走过它身边的可心的人儿心头永远抹不去的洁白与绚烂……

漫步梁家河

1

树高千尺忘不了根。梁家河，注定了是一个传奇。

梁家河，不是一条河流，所以它有根。河流无情，终随落花去。而根不同，一旦扎下来，风摇着年轮，像慈母的摇篮，念着旧，拍打着我们的良心，还有梦，一年年，这根就深深地扎了下来，枝繁叶茂，孕育了果实。

我在想，梁家河，那些沟沟岔岔，山山峁峁，该是多么的亲？当年，一个十五岁的少年，他从繁华的都市走来，他扛着开荒的铁锹走来，扛着梦而来，扛着一代人的责任而来，一来，就把青春留在这里，就把根扎在这里。

从此，七年的芳华，在这里绽放，像长在大山眉宇间的一颗朱砂痣，咋看起来，都是满心的喜欢与欢喜。

也是，谁的青春不美丽？哪怕在许多人眼中不堪回首的知青经历，唯有他，把苦难读成了一首诗，在看似荒凉的土地上，栽下来一棵叫"梁家河"的树，一开始，就恋了一生。

2

窑洞里长满了故事。

窑洞里也长满了虱子。

故事和虱子从来就不相互排斥，故事里有浪漫的憧憬，有一个孤独少年的梦，故事很柔软，虱子却啃不动。是呀！哪怕是曾经多么残酷的现实，怎么可以挡住一场梦的远行，那里芳草如茵，孕育着一个伟大的中国梦。

窑洞里，他是一个受苦人，那些关于吃的记忆刻骨铭心。饥肠辘辘中他拿起了书本，原来，读书是一场最伟大的修行，他用它们喂饱了自己，得到了一种强大的力。

窑洞里，他看到，梁家河的父老乡亲们朴实得如脚下这片黄土地，他与他们、他们与他贴着心，一声声嘘寒问暖、送衣送饭……他看到，他们才是这世间最动人的风景——即使匍匐在地，也在直立行走。

3

清晨的梁家河，像一个刚刚睡醒的婴儿，一切都是新的。走在上工的路上，他听见有人在"一声声唤我乳名"。

多么亲切的父老乡亲！"羊羔羔吃奶眼望着妈"，所有的努力，从此有了方向。

他们对他说：

"要为人民做实事。"

"要做行动上的巨人。"

"当干部身上要留住泥土味……"

七年时光短，泪别梁家河。他挥一挥衣袖，只带走一粒信念的种子。

4

离别，只是为了看到更美的它。

"我回来了。"这喊声脚下生风，呼啦啦一下子，传遍了梁家河，传遍了祖国大地。再回梁家河，他看到的是一棵树的"变迁"，家家户户过上了好光景：山绿了，水清了，天蓝了。从土窑洞到新楼房，农民变身上班族，生病从此不用扛……日新月异的梁家河，走进了新时代，已从当年稚嫩的幼苗，长成参天大树，每一片叶子都是幸福的孩子，每一个果实都是孩子们幸福的笑脸，一阵风吹来，感激的话儿就停不下来。

当年的玩伴已经两鬓斑白，紧握的双手浓浓的情，说不尽这几十年来的变化，翘起的大拇指，舍不得放下来。

5

漫步梁家河，多想，变成一块唱歌的石头。就在通往梁家河的某个路口，向每一个过往的行人唱响一个时代的故事，树高千尺，总有那么一些成长的历程刻骨铭心，总有一盏灯，照亮地平线的方向。

漫步梁家河，我想起了马致远的小令，只是"夕阳西下"时，"断肠人"不见了。一群人，踩着一地的碎金，翩跹起舞，为一个崭新的时代欢腾。

而旁边的我，依然是那块会唱歌的石头，噙着泪，含着笑，一唱再唱。

大水川的绿

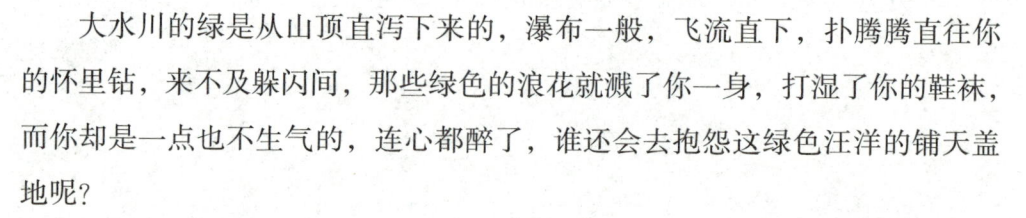

大水川的绿是从山顶直泻下来的，瀑布一般，飞流直下，扑腾腾直往你的怀里钻，来不及躲闪间，那些绿色的浪花就溅了你一身，打湿了你的鞋袜，而你却是一点也不生气的，连心都醉了，谁还会去抱怨这绿色汪洋的铺天盖地呢？

真的，一定是因为这方山水的灵气而赢得了上天的眷顾，大水川的绿色几乎霸占了整个夏日的山头，景区旅游大巴载着游人沿山路蜿蜒前行，这万千游人的眼眸便被这些层层叠叠的绿塞得满满的，凉风习习，万绿攒动间，已是胜却人间无数。在这个闷热而烦躁的酷暑里，还有什么比这份清凉来得更实在一些？还有什么比这漫山遍野的绿色，更让人赏心悦目呢？

车到山顶的时候，风更温柔，绿更深，天空蓝得像淘洗过一般。这时候，映入眼帘的是玉带似的草原，这些平坦的草原被两边的森林包围着，像一个伟丈夫，张开厚实的双臂，把自己心爱的人拥入怀中，生怕受一星半点的委屈。此情此景，怎不让人心生喜欢？置身于这绿色草原中的是群群牛羊，不见牛背上吹笛的牧童，却有林间绝妙的乐声缓缓响起，在一望无垠的草原上，扑入耳畔，浪花般拍打在旅人的心坎，更觉舒畅、温馨与浪漫。不知牛郎何处？但见在葱绿的林间，一对对情侣牵手漫步，卿卿我我，目光碰撞间全是爱与喜欢。所有关于爱情的低吟浅唱，在这个叫大水川的夏日的草原轻轻地奏起，响彻在相爱人的心涧，在这片绿色的林间，尽绽欢颜。

如果说大水川带给我们的只是一些儿女情长的浪漫气息，那也真是太小觑它了，辜负了眼前这汪绿。走进大水川，你还会处处感受到一种"骏马驰骋在绿色的草原"的欢畅，一种生命的豪放。漫步大水川，总会见到一些骑马人，那些毫无骑马技艺的游人也骑在马背上，有人在前面牵着马，虽无力

纵横驰骋，却也乐在其中——心，早已随着这漫山遍野的绿欢腾了。大水川的马是和别处不同的，狂放的、持重的、高傲的、温柔的，无论是哪一种，它们对马背上的人是心怀敬重的，你可以随意在马背上享受策马扬鞭的豪放，马蹄轻疾的风流，马背上吹笛的欢畅，抑或缓缓前行，欣赏眼前这一片绿的恣意流淌……在这里，你可以完全放松，马背上的世界，也是一个人的狂欢，一个人的朗朗乾坤。当然，这里有赛马场、射击场，重现古战场的风姿。最让人惊心动魄的是"三英战吕布"的实景表演，让远去的古战场的故事在这里还原，让英雄的雄姿在这里重新上演。而此刻，午后的阳光正斜斜地探了过来，照在这片草原上，照在游人沉浸其中的幸福、陶醉的脸庞上，仿佛那些流逝的时光正朝我们走来，仿佛历史和现实在这里交汇。《三英战吕布》，多好的情景剧，这故事，这"三英"（刘备、关羽、张飞）的情谊，这历史的滋味，在你、在我欲语还休的唇边，怎可哑巴（咀嚼）得尽？是呀！千年来，在这片绿意汪洋的草原上，曾有多少亘古的故事上演？金戈铁马，战事纷飞。英雄已老，美人迟暮，而这方山水依旧美好如初，如爱情最初的模样。

夜晚，住在大水川的房车营地则是另一番滋味。谁说随着这夜幕的拉上，绿色已经退场？绿是爱情的颜色、是热爱的底色，在美丽的大水川，无处不在。那些房车的"屋顶"是透明玻璃的，一轮明月挂在天上，离我们这样的近，仿佛就在头顶，恍若打开天窗就可摘下来，捧在掌心，细细把玩。天空布满了星星，眨巴着眼睛在看着房车里的人，殊不知那人也在看它们，于是它们便有些害羞起来，在这片亘古的草原上，这份娇羞如此美丽！大水川的夜是静的，那些树林、芳草像一个个贪睡的孩子，静悄悄的，偶尔打几声鼾，远远地传过来，竟也是这里最美妙的音符。总之，这是一个极致浪漫的夜晚。都说恋爱中的人都会成为诗人，其实夜宿大水川，与这方宝地谈一场恋爱，天亮前，不写出几首诗才怪呢！殊不知，这方宝地，这样温情的夜晚，原本，就是一首迷人的诗。

爱极了这一方山水，爱这大水川的绿，淌在林间、在草原，更在每一个走过这方山水的旅人的心坎，岁岁年年，常眷恋。

大散关之魂

大散关的岁月算不得长——昨天、今天和明天。大散关的血脉却很长，从古至今，源远流长，就像山顶那些风雪，那些古道热肠，那些裹在我们心田的绿树丛林，漫山遍野，密密匝匝，淌得到处都是，渗入一代又一代人的骨髓，久而久之，铸成一个民族的精魂。

大散关的血脉里有铁骨铮铮汉子的刚毅。

那是男儿奔赴沙场的万丈豪情。他有着雄健的体魄，"岺嶱透迤八十里，为中国之最，故名散关"，为西周时散国之关隘。"北不得无以启梁益，南不得无以固关中。"《史记》散关多娇，引无数英雄折腰。刘邦"明修栈道，暗度陈仓"。曹操攻张鲁，自陈仓过散关；诸葛亮出散关围陈仓。一夫当关，万夫莫开。多年来，于金戈铁马、战事纷飞中，方显热血男儿奔赴沙场之气概，英勇谁堪比？

大散关的血脉里，有着无与伦比的美人的容颜。

她是一个关。"回眸一笑百媚生"，你看她时已是欲罢不能，你来过，你的衣襟被她目光的柔波死死地扯住了，不想走，也不能走，从此脚步黏得再也迈不动。多少男子汉，一怒为红颜。古今多少事，谁能过此关，拥有这美人的爱与容颜？过去的，是坦途，名著史册；过不去的，成了心中永远的坎儿。

大散关的血脉里，更多的是一种大美情怀。

散关多娇，引无数文人墨客为她而泼墨挥毫，抒发胸中之万丈豪情；多少摄影师远道而来，长途跋涉，只为定格她的美；多少画家，愿吻着她胸口的那颗红痣，把江山万里描画；多少歌唱家，愿站在这关口高歌激扬，把这大美散关的前世今生吟唱……

伫立大散关，思绪万千，铁马秋风，波涛阵阵，仿佛历史长河奔涌而来，

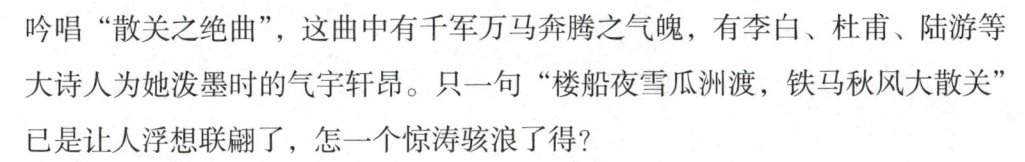

吟唱"散关之绝曲",这曲中有千军万马奔腾之气魄,有李白、杜甫、陆游等大诗人为她泼墨时的气宇轩昂。只一句"楼船夜雪瓜洲渡,铁马秋风大散关"已是让人浮想联翩了,怎一个惊涛骇浪了得?

庆今逢盛世,散关春天。旅游胜地,可观景,可游乐,可追忆散关历史之风云。关中有香茗,文人墨客、迁客骚人于品茗中再品散关之昨天今天与明天,忽而顿悟——散关之血脉里流淌的不就是我们这个民族之魂么?

何为散关之魂?

答曰:有汉子之铁骨铮铮,有美人之风情万种,有对人间温暖与疼痛的感知与思索,有人间大爱之情怀,有对未来无限之憧憬,此散关之魂也。

燕伋书院走笔

1

书院很大，大得可以盛放下人世。

书院很小，小得只能容纳一颗朝圣的心。

那个叫燕伋的书生，曾从师于孔子，一定荣耀至极！那些年，他站在用二十年心血撮土垒起的望鲁台上，遥望恩师，该是何等的感动！他这一生，只为孔子而生！

而此刻，隔着两千五百年时光的河流，我依然清晰地看见，他衣袂翩翩、白须飘飘，端坐在书院里读书的模样——

圣洁而又安详。

2

滋养这份安宁的，一定是眼前这汪千湖的水。

此刻，她是一个丰腴的睡美人，正倒在春天的怀抱里，千娇百媚，怎不让人心生欢喜，怎不让每一个过往的人深深地慨叹——

在这大山的一隅，一个叫千阳的地方，燕伋书院的身旁，她的美如此地撩人心魄！

美在于宁静，是世间最初的赤子之心，是摒弃一切欲望与浮躁的平和，是对真与善的感知与感动！

而宁静也并非真的无声，是那些声音单纯、朴素，朴素的声音更接近自然，传到耳中才有"鸟鸣山更幽"的美妙。

而此刻，谁有一双翅膀，可以自由地飞翔？

我看见，一只白鸽，从湖面划过……

3

  偌大的书院里，只瞬息间，我爱上了一树桃花，亲爱的，这情形，一如对视间，我对你的依恋与倾情。

  这些盛开在崖畔畔上的桃花，她们看我时，一脸娇羞，让我这个远方而来的客人，如此慌乱！

  我知道，这是爱情最初的模样。多少年了，在俗世的纷扰中，我已经忘了，那些莫名的心跳，眼里的火焰，脚下的碧波，还有三千情丝的飞扬，爱情向我走来时带动的空气，和千湖的风一样的清新、浪漫和舒畅，可我又是那样强烈地想起，一如我这些年一直想要的那种简单的、婉约的、纯粹的日子，一如我所想要的只是这样的一片依然肥沃的、年复一年只生长爱情的土壤。

  是的，在真爱面前，谁又愿意拒绝？然而，在俗世的千万种诱惑面前，谁又曾经真正地做出过正确的抉择？

  如果可以，让我们从此不离不弃，就以这方山水为伴，书香为伴，一生只恋这一方天，还有生长在燕伋书院的这一树桃花。

  你看着我时，我正坐在书院的窑洞里，读书或者写字，怀着一颗恋恋地想你的心。

  那时，你如果要问我对你的爱有多深，我会说，远方太远，对你的爱太黏，我的双脚从此，迈不动。

4

  我们要怎样，才能说完一腔的话，才能握住彼此的手，才能站在书院里的一树桃花下向对方说：

  这个日子很真实，这份承诺很厚重！

  多少年了，我们奔波、劳累，有了现实意义上的家园，有载我们远行的车子，有容身的房子，有足以填饱辘辘饥肠的山珍海味。这些早年的追求与向往，都变成了现实的存在时，为什么还需要另一个精神家园？为什么精神也会饥渴？为什么精神还要流浪？

幸亏，这世间，还有一个叫燕伋书院的地方，可以让心灵自由放飞。

生长在燕伋这方宝地的后生们，他们用洗尽铅华的神圣之手，从祖辈手中接下了这颗文化遗珠，纵使在最浮躁的年代里，依然一如既往地去完成一个古老而圣洁的姿势——阅读。

如果有哪一个后生忘了回家的路，这里始终有一个灯盏，为心灵守候！如有远方的旅人累了、倦了，想要在此驻足，他们依然会张开双臂，伸出热情的手，迎接他们走进这方无与伦比的极致之地。

来吧！来吧！我听见他们在呐喊。

我看见，他们正站在高处，向灵魂逼近。

5

能不能把这样的旅行定义为销魂？

像早春的树，挡不住嫩芽的迸发！像书院的桃花，红得灼人心魄！像此刻的我，心海挡不住的激流涌动！

一座庭院，一树桃花，一屋墨香，一伙志同道合的朋友，今天，我们不谈蔬菜和麦子，我们只谈文学，灿烂的笑声，如春水淘洗过的日子，在书院里幸福地欢腾……

我突然想起一篇关于《三国志》书评中的一句话，"好汉爱好汉"。

其实，也没有什么。我们只是爱上了这样的一个书院，碰撞了一些诗意的灵魂，还有一些连我们自己也说不清的心灵的悸动！

我的伊人，在水一方

一生恋荷、爱荷，却未曾出生在荷叶田田的江南；一生恋水、喜水，却被命运安排于多旱的平原。仿佛已经习惯，习惯于将目光投放于远方，张望那方江南水乡的明艳，想象着自己若能长成那个像水一样温润的水乡女子，该是多么的幸福！然自从走近你，就在四目相对的那一刹那，亲爱的，你可曾看到我眼波中涌动的幸福的清泉？

那一刻，我要告诉你——岐渭水利风景区，我说你是宝鸡的江南，你是我们宝鸡人的骄傲，你是勤劳善良的岐山人妙笔挥就的绝美画卷，你是我多少年来一直想要的尘缘。

沿宝鸡峡东行，一路将心情放飞于玉带般的百里画廊，在渭河岐山段北岸，亲爱的，我终于见到了你的模样。"蒹葭苍苍，白露为霜。所谓伊人，在水一方。"你就是那个从线装的《诗经》中走出来的伊人么？巧笑倩兮，美目盼兮，腹藏风情韵自来。今天，你回到了你的故乡，却长成了我眼中的惊艳与传奇，只瞥一眼间，已是禁不住的喜欢，说不出的欢喜。刚下河堤，一座汉白玉的石雕跃入眼帘——《在水一方》，多么美！此刻已在我的眼中熠熠生辉，伊人哦！你将要展示于我怎样的风情万种？按捺不住心中的喜悦与激动，同行的姐妹们竟一起奔向这块石雕，只为心之所向，只为与她合个影，将这瞬息间心海涌起的万丈波涛定格在这美丽的一瞬，而后，纵情于这方山水的美艳，醉心于伊人的软香，忘归……

你看，你看，我的伊人，在水一方，如此妩媚！"洪畅、堤固、岸绿、景美。"那一汪汪清澈明媚的湖水是伊人的明眸，看一眼便醉得人心悸；一座座恬静、美丽的小桥是她的芊芊玉指，引我们走向幸福的深处；一间间优雅诗意的亭子，一定是她爱的心脏，住着你、住着我，居住着一切爱她、也一样为她所爱的

可心的人儿；还有那一层层、一片片、一朵朵被时光浸染的绿色汪洋，争奇斗艳的七色花海，由此而散发的奇异的芬芳，都是我爱的伊人的精魂。美丽、高贵，而又风情万种，试问世间还有什么能比得上她的美？那一刻，我想我一定是醉了，不，或者是疯了，一会儿钻进芦苇丛中偷偷地露出半个脸，与姐妹们捉迷藏；一会儿摘一片荷叶当斗笠；吹一声口哨，捧一掬水，唤来一群鸭，约它们和我一起嬉戏。那一刻，天空正蓝，一群白鹭从头顶飞过，它们高唱着歌，一定是和我一样喜不自禁，赞美我的伊人的美丽。而世间诗意、浪漫的生活莫过如此吧！

　　岐渭水利风景区真的是一个可以让人完全安放身心的地方，它生长着美丽，也同时根植着爱情。置身于这绝美风景的众多游人中，不乏一对对来自都市的80后、90后情侣，他们远道而来，只是为了在这里寻找一场《诗经》中的爱情。漫步于河堤边，看白云悠悠，看清亮的河水缓缓地流淌，看一群白鸭在水中快乐地嬉戏。在层层芦荡中，在百花盛开的芳甸上，有风拂过，也拂动了那女孩飘逸的长发，多么美！姑娘哟！莫非你就是当年那个手提竹篮采荇菜的女子化蝶而来？是那少年"寤寐思服"千年后而牵到的手？是他"溯洄从之"，百转千回后而赢得的伊人"在水一方"的欢颜？真正的爱情本该如此，慢慢的、缓缓的、暖暖的，如这"在水一方"的诗意、温润和浪漫，是岐渭水利风景区"妙处难与君说"的绝笔。那一刻,我依然听见河那边"关关雎鸠"，一如伊人低语轻诉爱情的唯美。

　　夜幕已经完全拉下来了，我又怎舍得离她而去？伊人哦！今夜可否让我做你的新郎？我只要这苇丛里的一叶扁舟，请允许我在这舟上为你点燃一支喜烛，那一定是我今生最大的幸福。当夜风吹来，传来阵阵伊人的体香，而我正躺在这"在水一方"的船上，看芦苇在风中伸展腰肢，纵情一舞；看娇美的荷花月光下羞答答的脸，如此迷人；看慵懒的鸭们正栖息在我的身边，发出微微的鼾声……看小桥、看湖泊、看开得正艳的花朵，看人间所有的无可阻挡的幸福"在水一方"铺天盖地扑面而来，这人生哦！该是多么的惬意与舒畅？

真的，如果要选择一方风景而终老，我愿永远留在这"在水一方"，厮守着我爱的"伊人"，岁岁年年。是呀！岐渭水利风景区，教我该怎样来赞美你的神来之笔？千年渭水东流去，"浪淘尽，千古风流人物"，后来者依旧雄姿英发、豪气冲天；勤劳智慧的岐山人，妙手织蓝图，方绘出今日万种风情。而凭栏处，伊人犹在，在水一方，明眸皓齿，唤君入画廊，入我北方的江南水乡。

我的伊人，在水一方。她是我的骄傲，岐山人民的骄傲，亦是宝鸡的骄傲。

风流总被雨打风吹去

黄柏塬的夏天

夏天像一根被烧红了的线，一连串地烧下去，都市里的人们便有些待不下去了，连心都被灼痛了，怎么还会爱上这酷热的夏呢？而黄柏塬的夏天就不一样了，因那声声鸟叫、蝉鸣，因这成片的几乎霸占了整个山头的绿色汪洋，因这源头活水和水的烂漫，这根线在这里便柔软了下来，有彩虹的美，又像一个绿色的童话般的梦。

黄柏塬的夏天是从山顶的那一棵松树上铺展开来的。起初，这里还是一抹浅绿，像山之头顶上安放的一把葱绿的伞，一天，两天，小满来了，夏至到了，还有大暑几乎是踩着小暑的脚后跟接踵而来，那些绿色便开始一天天汪洋般铺展，像层层涌动的浪，只几天时间，便铺满了山头，漫山遍野，绿得恣意、绿得厚实、绿得绚烂，间或有花朵盛开，也是那种极致的绽放，像一只只快乐的蝴蝶，一任芬芳满林间翩跹。阳光直直地照下来，投在厚厚的绿荫里，留下美丽的斑驳的身影，在山间轻轻摇曳。浓荫下，是一群远道而来的旅人，他们从闷热的都市里走来，从远方的故乡走来，只慕这一方山水，只为目睹黄柏塬的夏日风情。多美呀！风是轻柔的，它只负责把清新的空气，美丽的花香，还有太白县人民的热情送到旅人身边，就连那夏日的阳光在这里也是妥帖地盛放，碎金般，洒了一地，走在上面，连心都被映得亮堂、舒展了许多。

最美的是黄柏塬的水哦！这盛夏的清凉的、奔涌的、浪漫的舞动，在路旁，在某个河沟里，或者瀑布般悬挂在山涧，自然地形成一幅写意山水画，无论怎样看上去，都让人情不自禁地欢喜与喜欢。水无处不在，清得透亮，凉得舒心，似乎把整个夏天都要裹在它的怀里了，以享这惬意的舒适与温存。最开心的是那些漂流的人们，他们身着救生衣，安坐在一湾浅水的船里，先是带着几分胆怯，将半个身子轻轻地探进了水里，一任河水柔柔地将自己托起，哦，好舒服、好惬意，抬头望天，醉人的蓝一望无边。人们继而胆子便大了起来，在船启动的那一刻，难以抑制的快乐心情随着一声幸福的喊叫做出了最深情、最淋漓尽致的表达。大家一路欢呼着，顺流而下，越过急湍，躲过"暗礁"，也享受着浅水处的幽静与安宁，漂到高兴处，便开始将这清凉的、绵软的、舞动的黄柏塬的水高高地撩起，或者相互泼洒，让幸福在这一刻再次张扬，张扬一种水之风情与美丽。如果说每个人的人生是一场驶向彼岸的旅行，而这样的过程，岂不是人间之至美的享受？精彩人生本该如此！水是有灵性的，而也只有灵气十足的太白人，才会将这篇水的文章做得如此精彩绝伦。

　　黄柏塬的夏夜则更是别有一番风情。当都市里的人们还在摇着蒲扇，在广场的某个角落里寻找一方通风之地，或者在指责着风的吝啬难寻时，他们不知道，这夏夜里最凉快的风儿都跑到黄柏塬来了，谁叫这儿的夜色这么的美？连天上的星星也是迷人的，真想摘下几颗来，拿回家去，细细品玩，揣摩它的璀璨与美丽。如此美好的夜色怎忍心浪费？这时候登场的是黄柏塬的篝火晚会。乐声响起来了，在一堆高高燃起的篝火旁，穿着羌族服饰的美丽少女与远道而来的旅人一起翩翩起舞，把这美好的独属于黄柏塬的夜晚幸福地唱起。在这里，你的心是自由的、放纵的，你就是自己的舞者，你舞了，因为你快乐，你快乐是因为这宽厚的山的怀抱、水的灵性所给予你的心灵的博大、爱、仁慈与美丽！这不，就连山中那只大熊猫也高兴地欢叫了几声，金丝猴欢喜地从一个枝头跳向另一个枝头，只为眼前这无可阻挡的幸福。只有勤劳睿智的太白人，才会将日子经营得如此精致而美丽，像舞者的心，如这火焰般冲天的憧憬。

　　爱极了这黄柏塬的夏天，爱他山的伟岸、水的张扬与温润，爱他大箭沟的传奇、原始森林的最舒畅的呼吸，爱他盛夏般燃烧的梦，他岁岁年年，带给你、带给我、带给这个美丽世界不老的传奇。

永兴巷市场

在农村长大的我，小时候，城市给我的印象是肤浅的、零散的，它们蜻蜓点水般地掠过我那汪记忆的清泉，却也是美不胜收，除当年人潮涌动的马道巷外，人民街就是我记忆汪洋中最清亮的浪花一朵了，而我对人民街的印象几乎都集中在永兴巷市场，那时候，乡下人把那个市场就叫"人民街"。于我而言，那是一个神奇的理想之地。

从老家走十几里山路，下个坡，在路边搭上16路公交车，在人民街路口下车后，一抬脚就到了永兴巷市场。面皮、麻花、大肉、蔬菜等老家庙会上有的或没有的好吃的、好喝的、好玩的几乎都集中在这里。长大后，读郭沫若的《天上的街市》，读到"街市上陈列的物品，是世间少有的珍奇"时，我眼前出现的都是永兴巷市场陈列的"珍奇"，我觉得用"琳琅满目"来形容它的繁华还是极好不过的。

永兴巷市场的"琳琅满目"并不是通常我们所说的珠光宝气，而是一种最接地气的朴实、朴素的存在，市场上陈列的物品都是我们普通人家所能消费得起的稀罕：擀面皮、蒸面皮、烙面皮、饸饹、凉粉、米皮、搅团、燕麦鱼鱼、糖糕、麻花……一溜烟摆过去，一家比一家的好看，一家比一家的味道鲜美，油汪汪的辣子，黄澄澄的刚出锅的糖糕和麻花还散发着热气，只看一眼便足以勾起我们这些小孩子的味觉小馋虫，价格也不贵，赶紧求大人买一碗尝尝，只怕多站一会儿嘴角就会不争气地扯线线、流涎水，何况这价格就是过去最穷苦的人家也是可以消费得起的。

说永兴巷市场仅仅只是销售些面皮、饸饹之类的物什，也真是小觑它了，顺着巷口刚进去就是一家"林改荣葫芦头"门面房（应该是后来才有的），店面很大，生意兴隆，好多年轻人喜欢带着一辈子没出过门的父母来此"改善生活"，年轻的父母喜欢带着孩子"尝个新鲜"……十多年前，尤其是乡下来的人，常把来永兴巷市场吃一碗葫芦头当作一种念想，一种孝敬老人、疼爱幼子的方式。再往里走，各种小吃城、豆花泡馍馆、超市等应有尽有，其中最吸引人的要数老孙家牛羊肉泡馍馆、各种面馆、小炒店、饺子馆等，它们普遍店面很小，却宾客如云，尤是在夏日中午时分，外面暑气逼人，里面热气腾腾，啤酒瓶的碰撞声、吆喝声及服务员的叫卖声融为一体，男人们喝到高处大呼小叫，一边撩起T恤露出多半个凸出的大肚皮，一边拿着卫生纸擦着额头的汗水，嘴里喊着"再来一瓶"，随着"店小二"的一声"哎"，一把烤羊肉串、两瓶啤酒应声而至，直到顾客喝得天昏地转、满嘴流油，兴奋异常。平时文文静静的女子在这里趿着拖鞋，跷起二郎腿，也绝不会有人觉得不雅。一屁股坐上去，世界都变得低矮平和了，在这里，你可以找到最随意的、最不假修饰的生活，朴素得让人心安。

永兴巷市场似乎一直被淹没于这样的市井中，从早晨5点多开始巷口两边的水果摊、早餐点、菜摊位摆起，到晚上11点左右收场，喧嚣一直是它的主题。即便是在这座城市里"八小时以内"上班的时间，这里的喧闹依然未能褪去，有怀里揣着收音机的老人从市场走过。早晨八九点钟，正是主妇们采购的最佳时节，这里的蔬果不仅新鲜，而且价格便宜，很受欢迎。同时这里也是乡下土特产的营销地，一撮刚从地里割好扎成把的韭菜，一堆肥嫩的豆角菜，一篮子土鸡蛋……应有尽有，这些纯天然、无污染的食品，总是受到青睐。这时候，不知谁家播放器中的秦腔响起，夹杂在各种叫卖声中，总有一种熟悉的、亲切的感觉涌上心头。市场上有穿着时尚的红衣女走过，也有乡下来的"牛郎织女"牵手闲游，自是别有一番情趣。

生活在永兴巷市场周边的人该是幸福的，尤是上班族，中午只需花几元钱，一把韭菜、两个西红柿、一撮鲜面条（手擀面、麻食、扯面条等），回去稍做加工，番茄鸡蛋、氽香嫩韭菜、可口的油泼面便已上桌，省了时间，尝了美味，只觉得这日子真是便捷与舒坦。到下午下班的时候，市场上就更热闹了，新鲜熟肉、各种现拌凉菜、锅盔馒头烧饼齐上阵，劳累了一天的人们，晚上回到家只想吃口"顺口饭"，永兴巷市场给了人们最大的实惠，去市场买份面皮、几个馒头、一盘小肉、一盘风味凉菜、一把香蕉，再打点醪糟，刚进门就可以摆上桌，稍做洗漱，美食入口，不觉赞叹，这市场真是咱老百姓的福地，生活在它的身边，光是个美。

当我们的城市在一天天变得更加美丽时，城市建设也在不断洗刷着一些旧物什的"脸"，它们甚至完全被"删除"，被新事物所替代。从我少不更事时对永兴巷市场的最初印象，到后来在它的附近工作、生活，一次次地与永兴巷市场零距离接触，最大的感受是它的喧嚣一直未变，它的"容颜"一直未老，倒是在一次次的文明城市创建及市场整顿中更加"年轻靓丽"了，而且因为其更容易贴近老百姓的生活而成了小城人们流连忘返的地方，散发着自己持久的魅力。而这样的固守一方，这样的最接地气的存在，这样的普通大众生活离不开的地方，似乎也只有永兴巷市场了。

愿永兴巷市场的明天会更好。

翻开"乡村"这本书

我们总是在一次次地赞美乡村的美丽，却很少触摸它的疼痛；我们总是在一回回眷恋它的安静、淡然与清新，却不曾看到它的伤痕。就像这山沟沟里随意盛开的花朵，我们曾经一次次沉醉于它质朴的芬芳，可何曾明白它的成长隐忍着人世间怎样的风雨？

在这个春四月的早晨，我和我的同事们又一次一起来到熟悉的乡村，花事将尽，但绿意盎然，一路上阵阵扑鼻的麦香扑面而来，那一刻，我几乎要迷醉了。从小在山沟沟长大的我，对黄土地、对乡村有一种本能的迷恋，那是一种游子回归故土的喜悦，是一种"嫁出去的女儿"回娘家的激动，是一种忘我的沉醉。我一直在想，也许只有故土才能给我们以灵魂的安慰，虽然这里并不是我的出生地，不是我真正的故乡。

我们这次来的主要任务是了解村民的生活情况，主要是经济来源，以及对党的惠民政策享受的情况等。如果说乡村是一本装帧精美的书，那一条条宽阔的柏油马路、路边矗立起的整齐的楼房则是这本书华美的封面，而走进村民的生活，则是我们今天不得不读的内容了。

翻开"乡村"这本书，我们细读。

我们走访的都是一些生活在山坳里的村民。村庄很零散，这儿一簇，那儿几户，有些在沟底，有些分布在半山腰，还有几户人住在山顶，像极了这些山沟沟里随意散放的碎花花，随意一抔黄土便可落地生根，开也黄土，凋也黄土。车到不了，我们必须步行一段路，然而，当我们的双脚踏入这片土地时，倏忽间，分明有一种心痛的感觉——它的贫穷像极了我记忆中廿年前的故乡，而它忍受的寂寞，却早已超过了我对故乡的想象。

村子很静，静得出奇，甚至连一声狗叫或鸡鸣都没有，更不用说牛的"哞

合家欢乐

哞"，羊的"咩咩"，鸭的"嘎嘎"，猫的"喵喵"了……近两小时，走访了十多户人家，却未见到一个孩子，见到的几乎都是一些病、残老人，有些倚在门前漠然地望着远方，还有些坐在土炕上，头顶还挂着吊瓶，一打听，儿子媳妇们都带着孩子去城里边打工边供孩子上学了，除了实在年迈或身体残疾的，村里几乎没几个人了。

一个四十多岁的大嫂告诉我，自己啥苦都能吃，就是因为个头太小，背驼得厉害（属四级残疾），一次次去城里务工都被老板拒绝了，那时候她真想哭，觉得自己是一个好无用的人。

当问起家里的收成时，乡亲们说，现在种地其实就是赔本，买化肥、犁地、收割等无一样不需要钱，到头来也只能落个口粮。国家封山育林，羊是不能养的，养猪也赚不了几个钱，青壮年外出务工运气好一天还可赚百把元，这钱来得快、实惠。牛太绊缠人，也没几家养了……除了收、种季节，村里有劳力的都在外面，特别是年轻娃娃，宁愿在外面"受罪"，一年到头也不愿回来。

在一位农户家，我见到了一位七十多岁的大叔，老人腿疼得炕也下不了，一个人冷清地坐在冰冷的炕头，他告诉我们："娃娃在外面打工不容易，我都老骨头了，再怎么也不能拖累娃们……"说起两个小孙子上学时，老人的脸上露出了笑容："孙孙在城里学校上学还在班里头几名，只要娃学习好，我就高兴，让孙孙们将来再不要回咱这穷地方来受罪了。"在村子里，我们还见到了一位四十多岁的大哥，家里房子建得很好，好不容易把一生的血汗钱都拿来修建了全村最漂亮的房子，然自己却病了，目前有六种疾病缠身，即便这样，这位硬汉子脸上依然写着坚毅和坚强，他说："多亏娃他妈还支撑着这个家，两个孩子在城里学手艺，还在学徒期，挣个糊口钱也不易，我们是绝不拖孩子后腿，只要孩子好，我们就知足了……"

翻开"乡村"这本书，我看到了勤劳善良的父老乡亲在苦难面前的坚毅与隐忍，但我们更多地看到的还是这片"沼泽地"的凄凉与疼痛。

曾经我们那么迷恋的乡村，它的喧闹何处去了？究竟还有几颗心在默诉对黄土地的依恋？可这又怨谁呢？是人们抛却了这片土地，还是它的贫穷迫使着人们离它而去？就像一个孱弱的母亲，终于无力养育自己的孩子时，也许只能任他们"自生自灭"？

《鲁滨逊漂流记》中有一句话：这世界上最多的酸甜苦辣都让最下层的人和最上层的人尝遍了。而对老百姓而言，更多的恐怕也只有酸、苦和辣了。其实，细想起来，每个人的一生都是一场属于自己的"漂流"，可幸亏故土有根，无论何时何地，我们心有所依，可当有一天，我们连"根"都找不到了，该是何等凄凉？有一天，当我们真正完全脱离了现实意义上的乡村，也许我们真的就要成一叶浮萍了。

当然，我们也不能否认，对于大多数乡村来说，在滚滚的历史车轮中，它在一天天地脱离赤贫，走向富裕，但寂寞的确已成了我们这个年代乡村的主题，孤独如寒冬的风，吹走了乡村仅有的温存，空留旧日的温暖在游子思乡的梦里缱绻、缱绻……

"当我想起古老的村庄，村里人向我诉说衷肠……"回家的路上，突然想起这首忘记了名字的老歌，竟有酸楚涌上心头。乡村，我古老而熟悉的村庄，生我养我的地方，我翻阅了许多年依然读不完的书，在不断增加的流年的页码里，读不尽的又岂止是你的恩恩怨怨、酸辣苦甜……

第四辑

故乡人物

一个人的学校

"今天,在这个特别的日子里,我们带大家认识一位来自山坳里的园丁……"那天早晨,父亲和他"山坳"里的同事们一起围着一台破旧的收音机,凝神静听。

那天是1994年9月10日教师节,父亲的名字平生第一次被广播。听着自己的故事被传颂,坐在收音机前的父亲,激动而又羞涩。

"最苦的日子其实已经过去了……"父亲说。父亲说的"最苦的日子",就是他最初一个人守着这所学校的日子。

父亲十七岁初中毕业后就回乡了。那时候,他可是做梦都想继续读书。可家里实在太穷了,他能读完初中已经很奢侈了,初中三年去城里求学,他是靠门卫大爷为他从学生食堂要来的面汤,泡些从家里带来的快发霉的干粮维持下来的。带着一个农村青年破碎的梦,父亲一头扎进了也许本该就属于他的黄土地。可没想到,那年,村上唯一的公办教师调回城里了,在那个没有"文化人"的乡村,父亲竟成了最好的人选,回乡不久就被村长叫到学校,正式当了山坳里的代课教师。学校就在被几个村庄包围的山旮旯里,三十八个学生,一个老师,就是父亲。

学校教室是一大间破旧的土房,学生一年级到四年级不等坐在一起,属于"复式班"。桌子其实就是泥巴垒起来的土台台,凳子是学生从自己家里带来的高低不同的小方凳。一堂课,父亲给一年级学生上完课,布置了作业,又开始给二、三年级学生上课,直到四年级上完才算结束。比起父老乡亲在黄土地里刨食的苦,父亲已经很知足了,庆幸他那些年的书没白读。由于晚上要备课和给学生批改作业,父亲平时很少回家。他工作和生活的全部空间几乎都在那个校园里。

除了上课外，父亲的生活需要自理。父亲的办公室兼宿舍和灶房就是教室隔壁的一个土房子。房子有土盘的锅灶，也有炕，锅灶和炕是连在一起的。夜深人静的时候，父亲就开始就着煤油灯备课和批改作业了。

父亲真的很珍惜眼前这份来之不易的工作，曾一度骄傲地认为自己拥有的不就是人们常说的"阳光下最神圣的职业"吗？面对生活的"馈赠"，他还有什么不满意呢？那时候，学校是家，家也是学校。白天是一个教师和三十八个学生的家，晚上是他——这所学校唯一老师的"家"。

"家"的忙碌是从早晨天刚蒙蒙亮就开始的。为解决吃水问题，父亲要去离学校大约二里路的一个深水沟挑水，凌晨五点多父亲就挑着担出发了，出发时空着桶又走下坡路，自然舒坦些，回来时就困难多了，父亲挑着一担水肩膀压得生疼生疼，可上坡的路却不敢歇息，一旦歇下来水至少会洒出去一半或者会和桶一起滚到沟底。一口气走了近半个小时的上坡路，上到平地时已是气喘吁吁，那双刚从学校毕业还未经生活磨砺的肩膀先是渗出了血后是磨出了茧。挑水回去后，父亲才开始生火做饭，不是面糊糊就是包谷糁，就着家里带来的干粮吃。不管是早饭还是午饭，父亲都得从头学起。用他自己的话说，"能填饱肚子就不错了"。说这些话时的父亲一脸的满足。

下午六点放学后，学生们鸟儿般散去。校园一下子就空了，空得只剩下父亲和他的土坯学校。可父亲没有时间去做任何对现实的感慨，他得赶紧拿起镰刀和绳索上山去割柴，大多是坡上的蒿草或者酸枣树，那些都是他做饭的柴火。要是夏天还好些，如果是冬天，放学的时候，天已经麻麻黑了，送走最后一个学生，父亲就出发了，路边的蒿草已经很少了，脚下常常打滑，割破手那是常有的事。乡村的夜是那种伸手不见五指的黑，父亲背着他的柴火，是借着不远处乡村的灯火回到"家"的，那些灯火总会给他以温暖的感觉。

那段日子，下了几天连阴雨，父亲准备生火做饭时，拨开潮湿的柴火，吓了一大跳，原来一条蛇正钻在柴火里取暖，差点被父亲攥在手里，从小怕蛇的父亲吓出了一身冷汗，疯了似的一口气跑到老乡那里"求救"，蛇被赶走了，可以后再去那柴堆前却会怯得浑身发抖，可除了小心，他又有什么办法呢？

一个人守着一群孩子，守着一所学校，父亲一生中长达四十三年的教育教学工作从这里拉开了序幕，艰难而又惊险，忙碌而又充实，可也就是这样的生活，给了一个少年人之初最坚韧的磨砺。在这所破旧的乡村学校里，在夜晚昏暗的煤油灯下，父亲不仅备课、批改作业，还进修完中专所有课程，不仅与学生建立了深厚的感情，还为村上十六岁以下的少年儿童开了"扫盲班"，让乡村罕有的"文化之流"得以传承并源远流长。

　　后来，学校的老师多了，学生也多了（第二个老师来时，父亲身边已有八十三名学生），学校越来越大，几年后，已成了当地有名的九年制义务教育学校。可父亲还是常常想起他一个人与一所学校的故事，他把这些故事讲给新来的老师和学生，不只为忆苦思甜，更为了告诉他们：一个人，一所学校，无论走多远，都不能忘记初心，忘记来时的路。

编席的父亲

当三月脆嫩嫩的芦苇在春风中伸展腰肢的时候，站在苇丛里的父亲，就像在欣赏自己刚落地的孩子，眉眼里溢出了欢喜。

父亲是一个编席的。

这些芦苇是编席人必需的原料，就像一个农民必须拥有土地、种子、镬头、铁锹等才能是一个地地道道的农民一样。它们是父亲的最爱。

芦苇在离家大约一里远的一个叫"铁沟滩"的地方，其实就是一个深罐子沟，沟里常年缺水，沟底却天然地长着一大片芦苇丛，足有十几亩，分到我们家其实也就五六分地吧，但这已让父亲十分高兴了。仲秋时节，当像云朵一样的苇花在山沟沟里随风飘舞的时候，当芦苇秆已经长得很壮实，叶子呈现出成熟的黄色时，就是父亲带我们一家开始下镰的日子。这天，父亲早早地起床开始磨镰，当东方刚露出鱼肚白的时候，他匆匆"滋溜"几口母亲赶早做的包谷糁，拿着镰刀、麻绳，背着水和干粮，就带着我和哥哥一起下地了。这时候的芦苇很高，当我们找到自家的地钻进去时，便如砂石被淹没在大海里，在密不透风的苇丛里我们什么也看不见，这时候哥哥总会对着长空，昂起头将手放在小嘴上举成喇叭状对天一声长吼："喂，有人吗？"偶尔听见隔壁地里有同伴们的回应，才放下心。"好好割羽子！"（"羽子"是老家人对芦苇的别称）父亲低喝一声，哥哥偷偷朝我们吐了吐舌头，开始埋头行动。我一般是不用拿镰刀割芦苇的，只是跟在父亲、哥哥后面，帮他们把割好的芦苇打理整齐。割芦苇要比割麦子难多了，芦苇秆粗根硬，每一镰下去都要费好大的劲，而且也割不了几根，所以才几下，哥哥便没力气了，喊着要馍吃要水喝，谁知喝完更不想动了，这时他会选择去地的另一头，直到父亲看不到他，"逃"时不忘"讨好"我，"别给咱爸说，哥改日给你买糖吃……"，

第四辑 故乡人物

然后躲在那边用衣服包着头脸睡觉去了。我也累了，坐在那里不动。父亲割了一大块转过头来问："你哥呢？""在地那头割着"，我用手指了指对面的方向。

中午的饭是母亲用罐子提到地头来的，虽是仲秋，但正午的太阳依然火辣辣的，照得人心悸。哥哥已经在地头睡着了，父亲满头大汗，但依然不曾停下手中挥舞的镰刀，父亲大喝一声"起来"，吓得哥哥一下子醒了过来，全身打了个战，母亲急得摸着哥哥的头对父亲说："看你把娃吓的……"父亲瞪了母亲一眼："看你把儿子惯的，庄稼人吃不了苦，将来咋活人？"说话间，揭开饭罐的盖子，一股饭香在空气中飘荡……

一大片芦苇硬是让父亲仅用一天时间就撂倒了，汗水在父亲黝黑的脸庞上闪闪发光，同时发光的还有他望着"成果"时的笑容。当月亮开始爬上山腰的时候，父亲和母亲开始用绳子捆起撂倒的芦苇，足有几十斤重，那些芦苇压在父亲的背上，像一座山，父亲瘦弱的身子被沉沉地压了下去，他蹒跚地走着，从沟底吃力地爬上回家的路，后面跟着同样负重的母亲，还有拿着镰刀打哈欠的我和哥哥。

回家后，父亲把那山一样的芦苇捆放在院子里，坐下来呼哧呼哧喘着气，母亲忙回厨房端来水和馍馍，几分钟后他又拿起绳子，去地里背剩下的芦苇。

我们不知道那夜父亲是否睡了，只知道天亮的时候，芦苇在院子里堆成了一座小山，而去地里背芦苇的父亲还没回来。

剥芦苇的叶子和壳也是我们全家人的行动，一般是放在一个有月亮的晚上，父母亲白天都要下地劳动，只有晚上一家人坐在院子里，就着月亮的光完成。苇秆很长，上面都是竹子一样的节，每剥一根要消磨很长的时间，不小心弄破手指是常有的事。而只有父亲的手依然十分麻利，在我们眼里他有一个不知困倦的身体，粗糙而灵活的手，一会儿时间十几根、几十根芦苇就被他剥得精光，它们在月色下闪着夺目的光芒……几个小时过去了，父亲依然在忙碌着，不曾停止手中的活，而我早已偎在母亲的怀里睡着了。在农家的场院里，苇叶在秋风中十分勤恳，父亲剥芦苇的声音细致而有节奏。

芦苇叶子剥完后就该劈篾子了，即把圆柱形的苇秆沿端口劈开。劈篾子

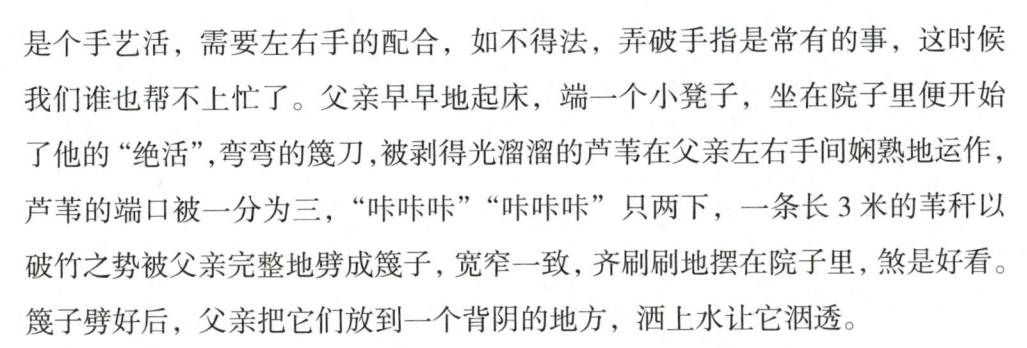

是个手艺活，需要左右手的配合，如不得法，弄破手指是常有的事，这时候我们谁也帮不上忙了。父亲早早地起床，端一个小凳子，坐在院子里便开始了他的"绝活"，弯弯的篾刀，被剥得光溜溜的芦苇在父亲左右手间娴熟地运作，芦苇的端口被一分为三，"咔咔咔""咔咔咔"只两下，一条长3米的苇秆以破竹之势被父亲完整地劈成篾子，宽窄一致，齐刷刷地摆在院子里，煞是好看。篾子劈好后，父亲把它们放到一个背阴的地方，洒上水让它洇透。

　　劈好的篾子见水后变得柔韧起来，也不会轻易断裂了。农历八月早晨的太阳照在场院里，照在父亲劈好的篾子上，像是镀上了一层金，父亲的眼睛笑得眯成一条缝。他抱出一大撮篾子，掀来了院子里的碌碡，石头碌碡呈圆柱形，中部略有些鼓，父亲吃力地在场院里来回推动着，反复碾轧篾子，背上出了一层一层的汗，我和哥哥忙去帮忙，才发现，碌碡重得厉害。等到篾子被碾轧得平平展展，拿在主人手里像鞭子一样能够甩起来时，这时候编席的原料就算完全加工成功了。父亲坐在院子里，长长地舒了一口气，眉里眼里都是欢喜。

　　记忆中，编席的过程是十分复杂的，以至于我至今难以做出准确的描述。多少次，当故乡的画面一张一张剪影般在我的眼前闪现时，画面中最多的却是父亲一个又一个夜晚蹲在脚地里编席的场景，母亲坐在炕头为我们缝缝补补做针线，而我和哥哥就趴在他们身边写作业，日子简单而又温馨。而我那个时候又是一个极不安静的孩子，一会儿时间就放下作业本趴在父亲身边看他编席子。记忆中，编席开始是从席子的中心对角线依次横向编织，两边依次递减形成一个直角三角形，待半个席子编好后，再用同样的方法编织另外那一半，最后收角、压边。做这些的时候，父亲十分认真，篾子发出的响声柔软而又清亮。时光不知不觉地从父亲粗糙的手指头上、从细腻的篾子上悄悄地溜走了。我看累了，就去炕上睡觉了，半夜醒来，灯还亮着，父亲依旧在编席，而天亮起床时，他又去地里上工了。有多少个夜晚父亲没有睡过整觉，没有人计算过，也无法计算，他把自己的辛苦、自己的人生编进了席子中。

　　日子一天一天地过去了，我们的小屋里却摆满了父亲编好的席子，它们不仅外观漂亮，而且精致光滑。最大的足有七八尺长，是炕席，三尺长、正方形的是蒸馍用的"馍席"，还有巴掌大点的精致小巧的是母亲烧炕用的席片。父亲编好的席子一般做三用，留给家里一些，但家里的席子都要用好几年，所以很少留用，一部分送给村里需要的人，更多的还是背到集市上去卖，贴补家用。

忘记了父亲是从哪一天开始衰老。他还会去那个叫铁沟滩的地方寻找他的苇丛，只是它们已如父亲头顶的头发般稀稀落落了，父亲摇摇头，背着手准备回家时，才发现，他如今两手空空地要从沟底爬上来也已是十分艰难了，中途歇了好几次，我想要扶住他，却被父亲生气地挡了回来，父亲不服老，却又无法让自己的腰像当年一样直挺起来，他背疼得厉害，已经不能再像当年编席时一样蹲在地上几个小时了。其实，他也不需要再编席了，村里的人都在城里买了房子，城里没有炕，是不需要席子的，集市上更是没人要他的席片，父亲终于可以歇下来了，我们暗地里高兴。可父亲闲着没什么事干，又觉得很烦躁，他偶尔出去一趟，回来时，一副若有所失的模样。

我陪父亲在场院里坐着，一起回忆那些编席的岁月。父亲倔强的头颅埋在膝盖里半晌没动，那花白的头发，似收割后的庄稼，失去了往日的生机。看着父亲弯下去的腰身，一股莫名的悲伤涌上心头，我背过身去，偷抹了一把泪……

好久之后，父亲抬起头来，像问自己又像问我："这人是怎么了？"

怎么了呢？世事变了，父亲也老了。

跪着烧炕的母亲

母亲已经很老了,花白的头发在冬天的风中飞舞着,就像这个季节山坡坡上那些零落的荒草,在风中杂乱地飘着,但只要它飘着、飘着,就给人一种亲切的味道,就是游子心头温热的风景。

母亲的背已显佝偻,她病得很厉害,必须要一根拐杖的支撑才能行走,才能依旧去村头不知疲倦地等候她出远门的儿子,但这个冬天她不再出去了,这个冬天是她最幸福的日子,她终于可以每天守在归来的儿子身边嘘寒问暖,她每天做的最多的一件事就是一次又一次地去烧自家的土炕。

儿子是透过老屋已显模糊的窗玻璃瞧见烧炕的母亲的,回来几天,他一直被母亲"圈"在温暖的土炕上看电视,或者陪她聊那些个毫无边际的家长里短。在憔悴但依然慈祥的老母亲面前,他还是当年那个不谙世事的孩子,他忘记了自己这些年身处异地的奔波,生意场上的焦头烂额,他真想永远待在这个温暖的土炕上,待在母亲用她孱弱的身体为自己经营的"安乐窝"里幸福地沉睡。这儿是他永远的家,是他的避风港,是他灵魂最后的归依。

烧炕的母亲其实身体已经十分不便了,一个"蹲"的姿势已显困难,不,她已经无法再蹲下去了,她把那个用了几十年依然舍不得扔掉的烂席片抛在炕眼的地下,然后双手扶着拐杖慢慢地跪下去。在做这个"跪"的动作的时候,那枯瘦如树皮的长满皱褶的脸上闪过了一丝痛苦,这表情在儿子的心上却如扎下了针刺般的疼痛,他从喉咙里喊了一声,但终究没有发出声,而终化成一汪泪泉,流淌在温暖的炕头。

母亲已经拿起了那个同样陪伴了她几十个冬天的烧火棍,把那些烂柴一点一点地塞进了炕眼,这棍子拨动了炕眼里原有的火灰,那浓烟便一卷卷地顺着小小的炕眼的口处飘了出来,一半飘上了老屋的檐顶,一般停留在母亲的眼角、嘴角，母亲的眼角便被迷得流了泪，紧接着她便开始咳嗽个不停，可依旧没有停住手中的动作……

这动作就是母亲烧炕的动作，如此娴熟，如此生动。还是在儿时，儿子常常还在夜半迷糊的睡梦中，就被柴棍捅炕的声音惊醒，是很亲切的感觉，是母亲传来的温度，竟和他夜晚偎在母亲的怀里一样的温暖、一样的迷恋。

想起这些往事的时候，儿子心中突然闪过一丝揪心的疼痛，母亲的确老了，而自己离开家园真的已经很久、很久了……

记不清是从什么时候便开始想着要离开家乡，像一颗蒲公英的种子，不甘平庸，发誓要飞出大山，飞到山外的世界，去开辟一方属于自己的天地。也许是因为自己的努力，也许是因为抓住了机遇，他真的成功了，几年来，生意做得风生水起，连他自己都没有想到会在这座曾经梦寐以求的城市里拥有自己的房子。他曾经带着衣锦还乡的荣耀回到乡村，在村里人羡慕的目光中请求母亲随他去城市里享福，可最终还是被拒绝了，乡村是母亲的根，她哪里都不愿去，那时，他是真不明白，劳碌一生的母亲怎么就不知道享福呢？

这些年，他在看似春风得意中奔波着、周旋着、幸福着、疲惫着，没有人告诉他，年迈的母亲年年在村口守候。

然而这个冬天他回来了，他是在商海沉浮后带着一身的倦怠归来的，突然很累，突然很想母亲的怀抱，想躺在母亲温暖的炕头，像当年一样依偎在母亲的怀中……

想起这些往事的时候，烧炕的母亲已经完成了在炕眼前的最后一个动作，脸上带着疲惫的微笑，迎面撞上了已站在门口的儿子的目光——"妈……"他哽咽地叫了一声，便再也说不下去了。

其实，他真不知道该说些什么，母亲刚才那烧炕的动作此刻已在记忆中汇成一汪爱与疼痛的河流，正温暖地淌过他疲惫的心坎，注定了是他今生再也走不出去的风景……

灶角的母亲

除夕夜的鞭炮声已经在村庄此起彼伏地响起了，夜幕已经开始拉了下来，可我还在和母亲一起在灶房准备着晚上的年夜饭。我坐在灶角的小木凳子上拉着风箱，母亲在炒菜。那些柴火也是从外面的雪地里抱回来的，按照母亲的吩咐，我从院子里的麦草垛上扯下一把引火，可锅底下的柴火还是会不断熄灭，再燃起时被捂出了一股股青烟，烟雾没法一下子从厨房的烟囱里出去，就飘得满厨房都是，呛得我和母亲都在不断地打喷嚏、流眼泪。风箱很笨重，我瘦弱的胳膊有些拉不动，于是我就用双手拉，使着全身的力气，连腮帮子都鼓得圆圆的。

母亲炒的第一盘菜就是我最爱吃的大年菜，豆腐、粉条、胡萝卜和菠菜在一起炒，主打是粉条，其他都是搭配。单那白、红、绿的颜色看上去就已经很馋人了，以至于许多年后想起，我以为母亲就是很好的厨师了，在那么艰难的年代里，竟能搭配出如此好看的颜色和做出那样的美味，而这道菜最诱惑我味觉的其实是它被铲到盘子里后，旁边被盖上的一圈厚厚的馋人的大肉片。我想吃，母亲却不让，说小孩子要懂礼节的，等叔伯和父亲他们动了筷子我们才可以吃的。母亲不让我吃，自己更舍不得吃，她怕菜凉了，就用一个碗反扣罩住盘子里的美食，放在后锅的锅盖上。接着她又开始炒第二道菜，酸辣白菜、韭菜鸡蛋或者油炸丸子汤。每一道菜都一样，做好后，盖得严严实实的，全然不顾我和哥哥嘴角已经开始扯线线的涎水。

那天晚上，母亲大概也就做了五六道菜吧，但记忆里都是我一年到头吃不到的美味。大约一个小时后，在一阵烟熏火燎中，在母亲烟熏下的眼泪、咳嗽声中，它们就一个个出锅了，在后锅的锅板上整齐地摆放着，然后从外面回来的父亲会从里屋托出一个方方正正的木盘子，母亲才会拿开扣在上面的碗，小心翼翼地放在盘子里，旁边搁了几双筷子。方盘子装不下，哥哥手里也端了两个盘子，我则托着刚从后锅拿出的还散发着热气的白馍馍和几个热菜包，跟在父亲的身后高高兴兴地去了隔壁的大伯家吃年夜饭了。身后传来熟悉的母亲收拾锅灶的声音。

  我父亲在几个同辈兄弟中排行老二，自从爷爷去世后，每年的除夕夜我们都随父亲去大伯家吃年夜饭，三叔也去了，带着他的孩子，也是端着和我们几乎一样的饭菜。可母亲、婶娘她们都不去，大伯母也不和我们一起坐在他们家的土炕上吃年夜饭，好像一直在厨房里忙碌，也没有人招呼她进来。她的头顶盖着一个四方帕帕手巾，头发已有些花白了，是绾起来的。记忆中，她比我的母亲要老许多，看见我们，一边用手揉着被厨房里的烟呛得掉眼泪的眼睛，脸上却已经笑成了一朵盛放的菊花："狗娃们来了。""猫娃也来了，快让伯母抱抱，怎么又长高了。嘻嘻！"伯母喜人，尤其爱娃娃们，不喜欢直叫名，经常见了"狗娃""猫娃"地唤着。要是在以往，我们都喜欢钻在她的怀里任她亲昵，可除夕夜不行，她的怀抱永远没有盘子里那些美食诱人。我们咯咯笑着，绕开了大伯母，跑到里屋大伯家烧得热烘烘的土炕上，围成一圈，和叔伯他们一起吃年夜饭，等发压岁钱。

  闹腾了几个小时后，我们个个打着饱嗝，端着光盘子回到了家，准备着丢给母亲去洗。厨房灶台前的灯火还在亮着，母亲正在准备大年初一早上要吃的饺子。包饺子的馅儿已经准备就绪，面也已经和好了，放在灶房的锅板上。饺子馅很简单，以切碎的萝卜丝为主，和了一些肉，那是母亲几天前做臊子时留下来的一小块，也是被我们惦记了多时的。我不知道母亲一个人在家吃了些什么，晚上那些美味她是舍不得给自己留的，我们也从来没有问过母亲吃过饭没有，习惯了她默默无闻的付出，没有人在乎她的需求或者存在。

  我们把那些被吃得干干净净、差点被舔干净盘底的光盘子放在灶房里的案板上，叫了声"娘"。没有听到娘的回声，抬头间，却看见她正在灶角里抹着眼泪。平生第一次，突然感觉到，娘很可怜，她竟然还会哭，很难过的那种。

  "娘，你怎么了？"我拽着她的衣襟问。

  母亲突然就哽咽了起来。她说："娘好想，好想和你们一起吃顿年夜饭。"

确切地说，我是被吓哭了，哥哥也被吓哭了，我们都被母亲的哭声吓哭了。从出生以来，娘留给我们的一直只是忙碌的身影，她就像一只勤劳的老母鸡，在那些个一贫如洗的日子里，带着我们在那片同样贫瘠的土地上觅食吃，整天为一日三餐而操劳着，尤其是为了给我们一个丰盛的年，母亲一月前就已经开始忙碌了，打扫屋舍，为我们准备过年的新衣，想着法子准备这顿完全不属于自己的年夜饭。我们一直以为这都是她应该做的，我们没有想到过，娘也会累，也会哭。

其实我们也很想和母亲一起吃年夜饭的，看着娘笑着和我们一起吃年夜饭，娘的笑很美，比山上的花朵还好看。可我们不敢跟爹说，怕爹说我们小孩子不懂事，怕爹训娘没个教养。我想爹应该也是愿意和娘一起吃年夜饭的，毕竟这是一年来全家最美的盛宴，毕竟这是勤勤恳恳陪了他几十年的妻。可爹也不敢，他怕大伯训他，把女人惯得要上天，更怕村里人笑话，"祖祖辈辈女人不上桌，就你家女人长得心疼，难道要改写历史不成？"

其实，在父亲三兄弟里面，父亲是最没有发言权的。记得就有一次，那还是在全村人吃"大锅饭"的那几年，那天，母亲生病了，上吐下泻的，父亲就跑去跟当时当生产队长的大伯请假，能不能让母亲休息一天，就一天，等身体稍微恢复好些再上工。大伯就开始向他吼了："就你家女人是金豆豆，我看女人家学娇气那都是惯的毛病，打到的媳妇揉到的面，你看你那软骨头、怂货……"

其实，娘给我说她想和我们一起吃年夜饭的事，爹也听见了。可他装耳背，假装咳嗽了一声就回里屋睡觉了。里屋的炕，天黑前就已经被娘烧得热烘烘的……

如今，母亲已经离开我们许多年了，在她离世前，我们也终于圆了她渴望和我们一起吃年夜饭的梦。而不知为什么，每到除夕夜，我还是想起当年那个除夕夜，想起灶角的母亲，在村庄此起彼落的鞭炮声中，在男人们的觥筹交错中，一个人孤零零躲在灶房里哭泣的身影，而那仅仅是母亲的身影吗？她们是大伯母、三婶子，是村庄里许许多多个母亲的身影，她们站在一起，像一片森林，在风中呜咽……

赵 姨

　　下了那个熟悉的小坡，远远地就看见赵姨在院子里忙碌，喂鸡、择韭菜、扫院，或者其他什么的。远远地，她看见我来，会放下手中的活，挥舞着双手，很激动的样子，望着我笑。

　　在我看来，微笑是赵姨唯一的表情，发自肺腑，是那种自然地散发出的对生活、对周围每一个人的爱。

　　赵姨是我包抓的贫困户，七十二岁的人了，又聋又哑，肢体一级残疾。除了不下地外，整天脚手不闲，佝偻着腰，忙这忙那，把家里收拾得清清爽爽、干干净净。

　　我知道，这是中国农村千千万万农民的本质，也是他们的命运，从出生懂事到归于泥土，除了劳动还是劳动，没有"退休"的说法，直到生命之终结。

　　赵姨是个孤寡老人，听说她本来有个儿子的，但多年前在一次意外的车祸中走了。她还有个女儿，出嫁到外地了，偶尔会来看望她，也是来去匆匆的，自从老头子几年前离世后，赵姨就一个人过了。

　　赵姨一边比画着埋怨我来时拿什么"礼品"，一边拉我回里屋坐，我指指院子说，就坐院子吧，院子里敞亮。

　　赵姨家的院子里有葡萄树、指甲花、西红柿、豆角架，我很享受这样的农家小院，这样的田园风光，这是一个可以让人完全融入大自然而忘却一切烦恼的地方。我喜欢风从山沟吹来，扑向赵姨家的院子里时那种舒适惬意的感觉。

　　她依然显得十分高兴的样子，仿佛总是怕有什么招待不周的地方，急回厨房用她颤巍巍的手为我倒水，杯具是上世纪五六十年代的白搪瓷缸子，已经有些掉色了，但很干净。倒水前，她在里面加了些白糖，这时候，我会忙赶过去厨房自己倒水，我真怕那么重的电壶赵姨颤巍巍的手提不起，或者洒在手上烫伤了皮肤。每每这时，她总会站在一旁望着我笑，仿佛对我有什么亏欠，忙又回转身去里屋为我拿出些山核桃、大枣，还有饼干之类的零食放在院子里，让我吃。

这次，赵姨拿出的是刚采摘的桑葚，洗得干干净净，放在盘子里，它们像一只只黑溜溜的眼睛望着我笑，生活在那一刻温馨无比。

我知道，这一定是赵姨清早起来去沟里采摘的，这个季节，玉水村的桑葚随处可见，它们好多长在路边，触手可及。

她用颤抖的手（也许是因为年迈吧，赵姨的手时常抖动）拿起几粒桑葚放到我手心，看我吃时，她就坐在旁边望着我笑，很开心的样子。

不忙的时候，我会抽空过来帮赵姨做饭、洗衣，虽然我们只能比画着交流，虽然有时她半天也不能听懂我的语言，但她心中的喜悦却时时溢于言表，那熟悉、亲切的笑容如阳光下盛开的花朵，在她人生的黄昏里，在我们相处的每一个瞬间，恣意绽放，带动得周围的空气也变得温暖、温润、熟悉和亲切了起来。

和她在一起，生活简单而又开心。

闲下来的时候，我也会为赵姨剪指甲，她羞涩地把那双手摊放在我眼前，不好意思地望着我笑。

那是一双怎样的手？粗糙、坚硬、长满老茧、青筋凸起，甚至手骨节有些弯曲、裂缝，像插入犁铧的黄土地。这是真正的劳动人民的手，是年轻时握过馒头、铁锹、镰刀但也做过茶饭、针线活的手，是临近晚年依然在不辍劳作的手，也是我熟悉的母亲的手，此刻，它正在我的掌心里颤抖着，羞涩而又固执。

还没等我剪完指甲，她又害羞似的急急将它抽了回去，这时，她依然在笑，不好意思的样子。

当然，赵姨也有伤心的时候，那是她拿着自己儿子多年前的一张黑白照片让我看的时候，照片上的少年年轻、英俊，朴素的衣衫遮不住阳光自信的笑容,赵姨用粗糙的手抚摸着它时,就忍不住要哭,她抹着眼泪,回头看见我,又不好意思地笑了,笑容里是藏不住的心酸。

我在想,这个又聋又哑、饱经沧桑的乡村老人的胸中,该藏着人世多少委屈?如果说她不是一个聋哑人,她会向我絮絮叨叨吗?不会的,也许一切最终都化作回眸间的那一抹微笑了。

终于明白,微笑并不是因为没有悲伤和烦恼,而是一种超然处世的人生态度。这个道理也许谁都懂,但要做到,谈何容易?而大字不识一个的赵姨做到了,掷地有声,怎不让人肃然起敬?

这个世界上有许多人,看似一贫如洗,其实早已富甲一方。他们没有华贵的外表,没有显赫的身世,甚至没有文化,却有一颗富足的心灵,金子般珍贵。从这一点上来说,赵姨该是我的老师。

和赵姨在一起时我常会想,都说扶贫先扶志,其实比"志"更重要的是一个人对这个世界的爱,对生活所持有的感恩与宽容的心。一个没有爱心的人,纵使腰缠万贯,他最终又能给这个社会带来些什么呢?

离开赵姨的家,远远地看见她还在那个土塄坡边朝我挥手,一脸的笑容,像永不褪色的风景,在我的目光中显得鲜亮、亲切而又生动。在回首的那一瞬间,竟有暖流涌上我的心头。

碎狗

第一次见到碎狗时，他正站在土屋的院子里望着我笑，才四十出头的人，看上去足五十有余，一身破旧的衣衫沾满了灰尘和污垢，胡子拉碴的脸上露出的是憨憨的笑容。后来许多次见他都是这样的，于是我就想，这样的笑容该就是他活着的表情。

他身后的木窗棂上贴着的挡风的塑料纸已经掉了半边，无论是白天还是黑夜，风足可以大摇大摆地走进他的居室，以寒冷或者凉爽的方式挑逗他的身体。

我问他，怎么没装玻璃？

他说么（没）钱买。

塑料窗纸掉了你也不糊上去？

他说不冷，习惯了。

一个人习惯了粗糙的生活，是不会去想精致的。

村主任告诉我：作家，这可是你写作的好素材。

他毫无避讳身边所有的人，故意提高嗓门说：碎狗把老婆让给他弟了。

大家都笑了。

这个叫碎狗的男人也跟着嘿嘿地笑着，仿佛在说别人的故事，我前面说过，微笑是他惯有的表情，与胸怀无关。

他弟弟住在哪里？

顺着村主任指的方向，我才看见，在这个偌大旧庄基的西南角，一座一砖到底的大房，窗明几净，与眼前这个土坯房形成了鲜明的对比。

他弟弟两口和儿子都打工去了，他们说。

他们晚上就回来了，碎狗说。

你一辈子能谝个谀（啥都干不了），经营不善，连老婆都被别人经营去了。村主任说，随后转过身对我们说，他的钱也被他弟弟掌管着，他的事由他弟

弟掌管着，当然按照当地的习俗，他一个孤寡老人，百年后还是要他侄儿料理后事的，所以他的一切都是属于他弟弟的，何况目前，他几乎一无所有。

还被村主任说准了，碎狗的事还真被他弟弟掌管着。

听说碎狗本来是不情愿挪旧窝的，他弟弟说你是贫困户，有国家掏钱，这么好的政策为啥不建？听说他弟弟还说，新房建好了他搬进去住，把院子这栋一砖到底的房让碎狗住。

于是碎狗就盖了，他弟弟也帮着盖，碎狗钱不够，他弟弟就添，以至于我们问他建房款花了多少时他一概不知。

上面扶贫检查组马上要到了，碎狗是房主，有些问题是他必须知道的，于是那几天，我开始了对碎狗的"培训"。

如果有人问你建房花了多少钱，你就说七八万，除了国家补助，个人花了七八千。

我这样组织语言，一来属实，二来也便于碎狗记忆。

碎狗连说还是党好、政府好，盖了那么漂亮的房子，他只花了几千元，数字问了几回，回答的也是对的。

碎狗说他干活不行，说话没问题。

有人问碎狗，帮扶干部平时去你家都干了些啥？

碎狗说我盖房时给他搬砖了，翻沙了，做饭了……

我说要属实，我只是给你家打扫过几次卫生，也只做过一回饭。

他说没问题，他会如实说的，大家都说他说话没问题。

检查组来的那天早上，我们又早早地去了碎狗的新房，再次帮忙打扫了卫生，还拿了些干净的被褥。搬进新屋的碎狗还是那样的窝囊，家里乱得像个狗窝，一床又脏又旧的被褥在炕上胡乱堆着，屋子里有一种让人窒息的气味。

我不得不承认，我扶的是一个懒汉，一个人几十年来养成的懒散的习惯，不是我们一朝一夕所能"扶"好的。

我说，碎狗哥，平时把家里打扫干净，衣服穿干净，得空把胡子也刮刮，我们给你瞅个俊媳妇。

碎狗说，他不要媳妇，一个人过了二十年了，觉得舒坦，再说他没钱，也养不起媳妇。

同事老杨说，你看政府帮忙给你把房子建得多漂亮，你人再学勤快点，把日子过好，媳妇后面排成行。

碎狗说，那你把你们小区那些小寡妇给我介绍个。

大家都笑了，这家伙心气真高。

后来我想，贫困户碎狗也许真的心气很高。玩笑开过后，我们帮扶组一伙一起商讨，村里有个叫樱桃的寡妇，年龄和碎狗相仿，撮合一对多好，一举双得，恰好扶了两家的贫。

私下敲定后我们先找到碎狗，说了我们的意思。

碎狗坐在那里"噔"都不打一下（毫不犹豫），很"慎重"地告诉我们："宁吃半口仙桃，不吃半背篓毛栗子。"

全场哗然，碎狗这小子有才，比我们肚子有墨水，这个小学文化的碎狗不可小瞧。

我说，人家还是个樱桃呢。

在他眼里还不如半背篓毛栗子，碎狗说。

人群里有人说话了：听他胡谝瞎吹哩！给他个媳妇也经营不善，叫别人领走了。

话触到痛处，碎狗一下子就蔫儿了。

笔至此，需要交代的是，在那次迎检中，碎狗表现不错，对检查组的提问对答如流，让我们都差点忘了，他是一个没有多少文化的人。

大家都说，碎狗灵光着哩！

还有那座新房产权属于碎狗，他弟弟终究没有占去。

碎狗呢，因为视力也不好，我们联系村上给安排了个公益性岗位，他干活还挺卖力，人也精神了，看起来一下子年轻了许多，今年，准备再种两亩柴胡、养只羊，精神头好着哩！

后来，碎狗曾偷偷地告诉我，他喜欢山那边村子的一个小寡妇桂花妈，桂花妈答应他了，房子建好了，只要他再把那懒毛病改了，日子过上去了，桂花妈就会嫁给他。

碎狗说这话的时候，露出了两颗虎牙，我发现这是他笑得最开心的一次，发自内心……

婆婆的豆豉

我对豆豉最早的认识是婚后从婆婆那里得到的，每年冬天，婆婆雷打不动地就开始做起了她的拿手美味——豆豉，在烟火漫卷的世俗生活里，婆婆的豆豉为我们家厨房平添了一抹爱的温馨，让我对人间烟火多了一份眷恋。

做豆豉的原料很简单——黄豆或者黑豆（婆婆多用黄豆）。在过去的许多年里，黄豆该是秋天老家最后的一摆庄稼了，一年也就收成一两袋子的样子。往后的日子里，我们常常会看见，在老家的小院子里，婆婆总会用她那个四方手帕盖住头顶，端着一个簸箕，簸箕里盛放的是刚从蛇皮袋子里倒出来的黄豆，那些豆子在婆婆胳膊的抖动及弯腰间的起伏里扬起又落下，簸出去的是尘土和残渣，留下的是豆子的精华。两袋子黄豆都被婆婆收拾得干干净净，并分成几个不同的"等次"：大的颗粒都留下来准备过年时生豆芽，中等的留下来准备给她的孩子们炒着吃，而剩下的比较干瘪、瘦小的颗粒才留下来做豆豉，无疑这已是这个冬天最好的美味了。

豆子准备好后，淘洗干净，婆婆提前两天就开始用水泡上了。下一道工序是开火煮豆子，豆子直煮到用手一捏就会变成粉末的状态，然后再装在一个盆子里，用蒸布盖在上面，放在热炕上让其发酵，大概要等四五天的时间吧！揭开蒸布，看到最上面呈白色雾状，说明豆子已经产生酶了，然后再在一盆的酶豆子里面开始加盐、辣面、五香粉、玉米面、料酒等作料，反复揉搓，让调料均匀渗入，然后弄成豆团，放在阳台上晾晒，等待随时享用。这时的豆豉就算是基本成功了。

做好的豆豉要真正搬上我们家的餐桌，还需要最后一道程序——爆炒。这时候的做法很简单，和家常菜几乎没什么区别，清油入锅，葱、姜、蒜苗一起放进去，顿觉厨房里香味扑鼻，然后把重新揉散的豆豉入锅，加臊子肉、兑水，几分钟后就出锅了。

出锅后的豆豉可谓色香味俱全，刚上餐桌，那扑鼻的香味便直往人的鼻孔里钻，馋得人由不得要流涎水了。豆豉是包谷糁、米饭不错的下饭菜，婆婆做的时候一般故意把里面的汤汁弄得多些，然后把刚出锅的软馒头或锅盔掰碎泡进去，或者直接蘸着汁吃，真是极好的享受了。

如今，随着人们生活水平的提高，家家餐桌上的美味很多，可婆婆许多年来做豆豉的习惯从未改变，甚至成了一种不了的情结。这情结伴随着婆婆的一生，每次做时她总会不厌其烦地告诉我们，"豆豉这手艺"是她从娘家带来的，每每此时，她总会一次次地念叨起娘家母亲教她做豆豉的情景，会因为想起她的娘而流几滴泪，听得我们也心里酸酸的。在那一刻我突然明白了，婆婆年年对做豆豉的不弃，其实更多的是对属于她的乡愁的一种延续，对人间亲情的一次次温习。

岁月轮转，而灶房里婆婆几十年做豆豉的姿势却从未改变，做给她的父母、她的公婆、她的丈夫，他们都已经走了，可婆婆还在做，做给她的儿孙们，而这情形注定了终将伴随她的一生，成为她精神世界一种最温暖的慰藉。

那一刻，看着灶房年过七旬的婆婆依然忙碌地做豆豉的背影，竟有一种说不出的感觉涌上心头，我的眼前一次次地变换着一个少女、一个少妇、一个中年妇人、一个白发老妪正在以同样的方式站立的情形。岁月如风，吹皱了那女子光滑的面颊，可只要那做豆豉的姿势还在，那浸润一个女子的温暖就在，让身为晚辈的我们也同样沉醉在那样的风景里，可以一次次地聆听到那古老的温情脉脉下的乡风依依。

风流总被雨打风吹去

二 愣

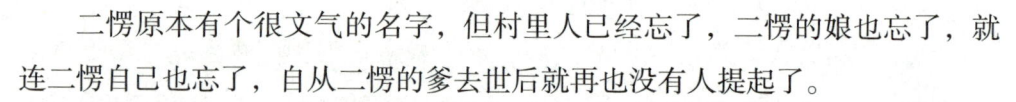

　　二愣原本有个很文气的名字，但村里人已经忘了，二愣的娘也忘了，就连二愣自己也忘了，自从二愣的爹去世后就再也没有人提起了。

　　据说二愣的傻是天生的，小时候，他爹在门前地里劳动，他娘在家里做好了饭，跟二愣说："去，到门前把你爹从地里唤回来吃饭……"

　　二愣很听娘的话，就跑到门前石碾盘旁边，扯开嗓门喊了起来："你爹，你爹，饭熟了，回来吃饭。"

　　他爹听见了，气不打一处来，怎么生了这么个傻娃？他心里憋着气，故意不吭声。

　　二愣看他爹没回应，想必是没听见，嗓门扯得更大了："你爹，你爹，饭好了，俺娘叫你回来吃饭呢！"

　　叫声一声接一声，村里人全听见了。有人就说了，张家怎么就出了这么个二愣子？

　　他娘急急从厨房跑出来，阻止说："让你叫你爹吃饭，你喊谁的爹？"

　　二愣说："娘，我喊的就是你的原话，'你爹'么。"她娘气得要拿起笤帚打他，被地里回来的他爹拦住了，说，算了，是咱先人坟头出问题了，出了这么个二愣子后人，认了吧！

　　村里人把精神不十分正常，又憨又笨又傻的人都叫二愣子。从此后，人们都叫他二愣。

　　二愣，叫回你爹吃饭了没？

　　二愣，你娘搋（打）你了没？

　　二愣仿佛已经听出来大家都是在取笑他，后来干脆谁也不答理了，性格愈发孤僻，愈来愈像大家眼里的二愣子。

　　也正因为如此，刚上完小学他爹就不让他上学了，虽然他的数学成绩年

152

年满分，语文却常常是一位数，就这个也足以让爹娘对他彻底地失望。

他爹说：回来放羊吧！咱先人坟里也没个状元，提早回来好好过日子比啥都好。

扶贫干部王涛是从玉水村五组贫困户的户口本上看到二愣的真实名字"张水"的，据说二愣出生时长得虎头虎脑，又是他家独苗，他爹十分喜欢，不想让自己的娃像村里其他孩子一样一出生就"黑狗""花猫""铁锹""馒头"地乱叫，于是专门请了个先生给娃取名。

先生说：这娃眉宇间有股清秀之气，肚子里一定有的是墨水，就叫"张水"吧！只是他爹的高兴随着几年后村里人"二愣子"的唤起，就像多年来盘踞在他家先人坟里的一条带着福运的蛟龙一夜间突然溜走了一般，他是彻底地伤心失望了。这时，他爹想起先生的话，气得大骂一句：还装（张）墨水，我看装的是一肚子的泔水。

小学刚毕业就失学的二愣从此就成了一个地地道道的放羊娃，只是他放羊一点也不专心，羊在山上吃草，他在沟底数草、数花、数树，几乎每天回去都会向他娘汇报：娘，南坡的兰花花开了86朵，比啥都好看，可不能再让牛羊去踩踏了；北山长着50棵小洋槐树，可以满足20只羊的放牧；咱家沟底地里的麦苗如果按横竖匀称撒种子的话，明年就可以收2670个麦穗……她娘整天听得晕晕乎乎的，说，娃呀！羊吃草时你要是没事干就去山上砍些柴去，家里烧锅烧炕都用得着。黄昏时，二愣赶着羊，却只背着极小的一捆柴回来了，刚回来又给他娘汇报了：娘，我今天砍了21根蒿子，3棵枣树，差不多刚好能烧开3马勺水。在一旁干活的爹听见，气得顺手给了他一巴掌："甭羞你先人了。"

就是这样的一个二愣，虽然长得清清秀秀，却因为傻，在村里人眼里"七窍已通过六窍——差了一窍"，近三十岁的人了在周边娶不到一个媳妇。这可急坏了他爹娘，无论如何咱张家可不能断了后呀！于是爹娘托人花了十几万元从山里为二愣娶回了一个媳妇。媳妇个头不高，心眼不小，一年后给二愣生了一个胖男娃后，最终还是忍受不了二愣的呆傻、没情趣，在一次去镇上的时候乘机逃跑了，据村上知情人讲，他媳妇是跟前段时间来村里串乡做家

具的一个外地木匠私奔了。二愣也不去寻找，别人一问，他说，爹娘把人家娶来就是给我生娃的，现在娃生了，由她去……气得他爹追着他又是一顿打："狗崽子，那可是我和你娘用一辈子从牙缝里省出来的辛苦钱给你娶回来的媳妇呀！"

　　几年后，他爹去世了，他娘更是管不住他了。在村里人眼里，这个二愣是彻底疯了。大家看见，二愣每天早上鸡叫头遍就匆匆起来，怀里揣着一个小本子，匆匆赶往离玉水村三四里路的通往镇上公路口的一个十字路口，记录南来北往的车牌号，风雨无阻，刚开始时那些司机不知道是干什么的，他们又没违规驾驶，停下车上前质问，二愣谁也不理，只念叨那车牌号。后来，这条路上的车主都知道了这里有一个专记车牌号的可怜的"疯子"，有些人出于同情，还会给他送些旧衣服、面包之类的，他啥也不说，只笑笑就收下了。有的司机故意把车停在他身边，笑嘻嘻地喊："二愣，你辛苦了！"看他还是不吭声，便会无趣地走开。当然，还有些好心人会说："二愣，别整天风雨无阻记这些没用的东西了，回去把老娘和娃管管。"他仿佛啥也没听见，继续记他的车牌号。回家后他一个人对着本子不停念着那些数字，很激动的样子，仿佛那一大堆数字里面真有什么学问，气得他娘抱着小孙子只是哭，这日子可咋过呀！

　　这样的一个二愣，硬是把日子过成了玉水村最差的一家。

　　干部王涛每次开车去玉水村，总是会在路口碰见穿着破烂、头发乱蓬蓬、胡子拉碴的二愣在急着记他的车牌号。

　　小王说：二愣，我是你的包抓干部，快上车，咱们回家去，一起谈谈你家的脱贫问题。

　　二愣看了他一眼，不理睬，继续记他的数字。

　　小王说：二愣，你说你记那些数字有什么用？

　　二愣还是不理睬。

　　小王想起了村上人讲给他的二愣小时候的故事。说，你爹，饭做好了，回家吃饭，走。

　　二愣蹭地抬起头，好像突然明白了什么，继而狠狠白了他一眼。

王涛站在那里木然了，贫困户都叫不回家，他这叫扶什么贫？扶起一个困难家庭不易，扶起一个痴傻人该有多难？

突然，他想起来二愣小时候在山上放羊的故事，一下子笑了。

二愣，你给我算算，如果要给你家那两亩地种上柴胡，横竖成行，该撒多少粒种子？

他看见，二愣的眼睛一下子亮了。

……

几天后，玉水村的人们惊奇地发现，他们眼里的傻子二愣被请进了村委会，人也被收拾得干干净净，坐在村长常坐的那个办公桌上算着什么，他身边坐着城里来的扶贫干部王涛，有人走近一听，吓了一跳，这哪里像个没文化的人干的事情？

二愣说，一亩地横竖撒二千二百粒柴胡籽，每家种两亩，如果雨水好，两年后可收入三千元，如果连年种，再加上在外务工的收入，村上六十户贫困户五十三户可达到脱贫标准。

二愣说，村上如果成立个养鹅合作社，可以先引进五百只鹅，预计三年后村上人可以全部脱贫。再这样坚持下去，再过几年人人可以买得起洋面包车……

二愣说，先给娘买二十只鸡苗，过段日子，娘和儿子可以每天都有鸡蛋吃，就这还有卖钱的……

几个月后，二愣那个跟外地木匠跑了的矮个头媳妇也回来了，一脸憔悴，像个难民。据说她刚出去就被她的"情郎"卖到一个条件更艰苦的深山里了，男人五十多岁，是个瘸子，好赌，输了钱回来就打她。女人受不住了，从邻居那里借了些车费就偷跑回来了。

女人在门口碰见了仿佛换了个人似的二愣就愣住了，继而哭号了起来，抓着二愣的手说自己不是人，要痛改前非，和二愣好好过日子呢……

二愣说，娃在炕上正耍得欢呢！进去吧！

哐干面

"哐",据说是我们陕西关中的方言土音,是吃的一种方式,吃至极致谓之哐。既为"极致",就该是一件很为享受的事情了,这种享受在我的父老乡亲身上表现得淋漓尽致。

记忆中,伯父常常穿着那身粗布夹袄夹裤,蹲在老家场院里的那个粗壮的碌碡上,腰里别着一支长长的烟锅,那个系挂在烟锅上的装满烟叶子的旱烟袋在他的腰间骄傲地舞动着。那时候他正端着一碗干面,记忆中多半是麦面和高粱面掺和在一起的"金裹银"削筋,伯父吃得津津有味,嘴巴"吧嗒吧嗒"地上下翕动着,那些面上的辣子便同时也沾满了嘴角,吃到中途,他还会端起放在旁边的面汤"滋溜滋溜"地吸几口,一副很享受、很陶醉的样子。那时,正午的阳光洒在院子里,照在伯父因为吃得太激动而沾满汗渍的脸上,油光发亮,惹得旁边的人也由不得跟着直流涎水。

其实,不只是伯父,村里的男人哐干面的样子几乎都是这样的,大家见面打招呼都要问:"你吃了么?"对方回答"吃了",或者说"刚哐完干面",听的一方嘴角马上便有了味觉反应,干面的辣、干面的酸、干面的香、哐干面时的过瘾一股脑儿涌上喉咙,恨不能冲回家去再哐一碗干面。是呀,这个世上还有什么比哐干面更吸引人的事呢?

不只男人喜欢哐干面,村里的女人也是极致地喜欢的。每到中午吃饭的时间,大家仿佛约定好的一般,先后从各自家端着自己的干面来到我家门前那棵柿子树下集合,有男人,也有女人,足有十多人,这才是一个真正的集体哐干面大会合。那时生活已经见好了,几乎不见了"金裹银",还是那大老碗,但每个人的碗里已换成了白得诱人的麦面,大家碗里的面一个比一个厚实,油辣子一个比一个红得扎眼,看一眼,便是满嘴的香。大家围坐在一起,

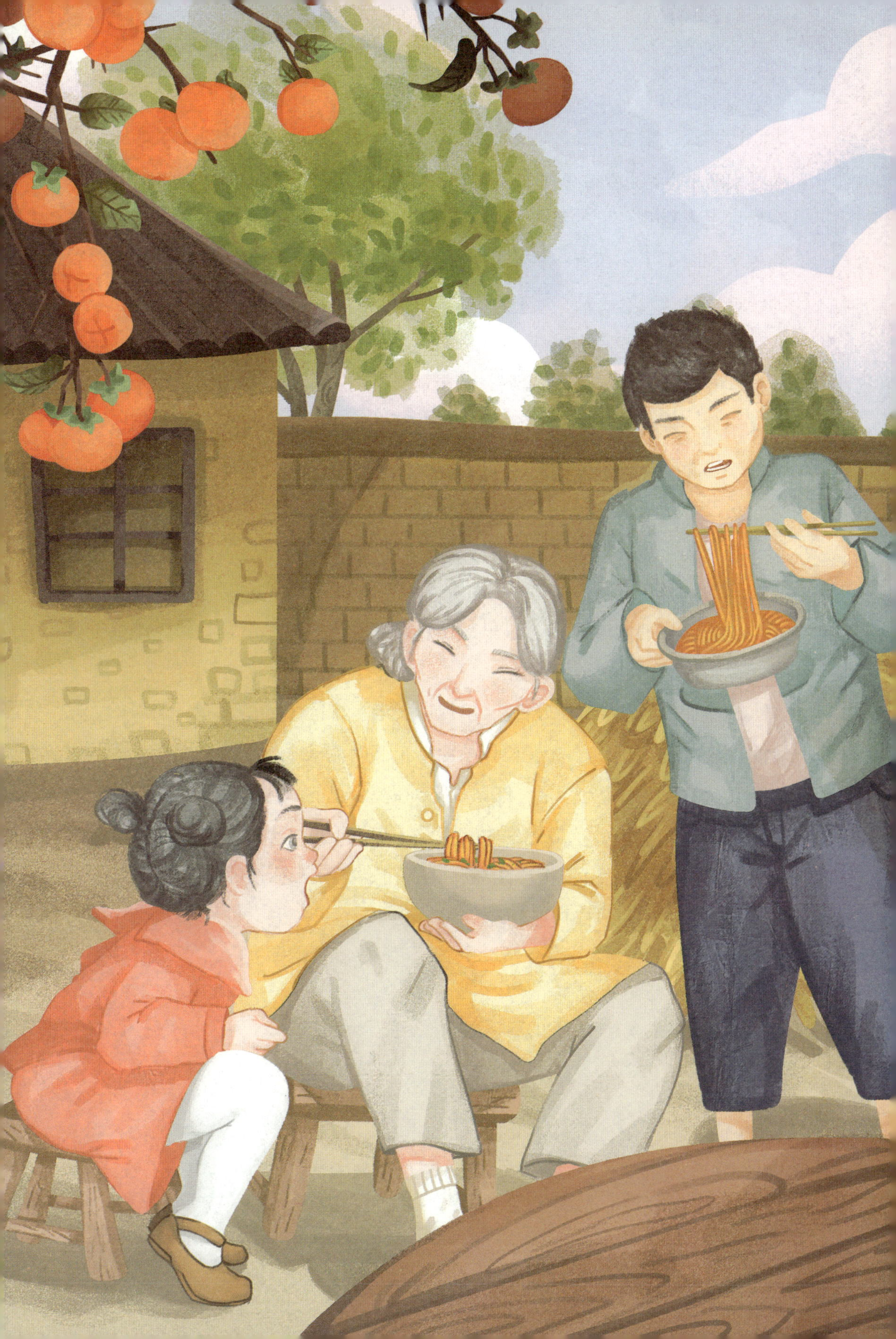

边吃边聊天，东家的长、西家的短，也聊来年的收成，都是村子里那些个鸡毛蒜皮的小事，却渗透在咥干面的过程中，一样的津津有味，一样的回味无穷，一如村里人蒸蒸日上的日子。以至于一顿干面咥了一个多小时了，有些碗底的辣子都晾干了，还有一些人用沾满辣子的舌头把碗底舔了又舔，碗干净得如洗过一般，大家还是不忍心离去，又在讨论着这个下午该去地里干些啥活。心里还惦记着那些晾在案板上的凉干面，晚上回来，大家还会聚在一起，消受这样的一顿"盛宴"。那时候，咥干面，咥的不仅是一种味道，更是一份全村人亲如一家的其乐融融的氛围，是憧憬中的日子，是流年里的欢笑，在古老的村庄荡漾、荡漾……

　　这已经是记忆中的村庄了。如今，伯父早已经去世了，村里的后生们大都在城里买了房，做了所谓现实意义上的都市人，但每一个从那个山沟沟里走出来的人们咥干面的情结却一直在，一如乡愁的绵延。他们无论走到哪里，无论吃着怎样的山珍海味，心里却还是惦记着咥干面的舒畅，每天不咥一碗干面总觉得这日子缺少些什么。

　　笔至此，眼前影影绰绰地又出现了父老乡亲咥干面的场景，蹲着的、站立的、弯腰的，用筷子挑起长长的面条正搁向流涎水的舌尖的，闷着头只管吸溜的，还有边吃边咂舌的、打嗝儿的，在院子里的碌碡上，门前的柿子树下，在敦实的木门槛上，这百态的吃相竟是一道亮丽的风景线。尤其是对门那个嘴边经常挂着两行"白虫"（鼻涕）的二愣子正端着碗干面欢呼雀跃地吆喝着"咥干面啰"，这声音在耳畔悠远而清脆……

第五辑

读书笔记

牧羊人，待到花开遍地时，我来可可托海看你

　　朋友分享过来一首歌《可可托海的牧羊人》（音视频版），首先是小编介绍了歌曲的故事背景：一个刚刚失去丈夫的四川养蜂女，在可可托海夏季草肥水美、野花遍地时，带着她的两个孩子和几十箱蜜蜂来到这里，刚到时，这里的蜂农都欺负她和她的孩子们。这个时候，一个牧羊人来到她的身边，对她们母子们的生活给予保护和关照，温暖了一颗孤苦的女人心，待到秋天花凋叶黄的季节，他们的爱情花却盛开了，牧羊人不在乎她比他大许多岁，更不在乎彼此民族信仰各不相同，做了这个女人的爱人和两个孩子的父亲。本该良辰美景花好月圆之时，在一个风雨交加的夜晚，女人赶着她的骆驼，带着她的蜂箱和孩子不辞而别，并托人捎信给牧羊人，别等她了，她已经嫁到了伊犁，她比他更懂生命的残酷，更懂理想和现实的差距。可牧羊人却依然放不下她，可可托海的草早已枯了，海也枯了，可他还不肯离去，依然站在原地，痴痴地等着心上人……

　　故事已经很感人了，再配上《可可托海的牧羊人》这首凄美的歌曲和那个高原牧场的画面，真的听得人泪眼婆娑，为这样一个痴心的男儿，这个可怜的可可托海的牧羊人。

　　在朋友圈，发现好多人都和我一样在听这首歌，有些朋友还亲自跑到歌厅去唱，一样的陶醉，一样的倾情投入、激动万分……

　　我不知道这个故事是不是真实的，但从此，因为一首歌，可可托海的名字该是家喻户晓了，那个站在高原上的痴心男人，那个可可托海的牧羊人却成了我们心中抹不去的影像，高原上站立的爱之神。甚至我都要和朋友约起，待到来年可可托海花开遍地时，一起去看看这位高原上的牧羊人，不为拭泪，只为一睹这位痴人的风采。也许去了还真可以看见，那位嫁到伊犁的女子，

在听到这首歌后，为牧羊人的痴情所动，已经回到他的身边，他们又一起在这草原上过着幸福的生活。

而这也只是我一个痴人的臆想而已。生活就是生活，牧羊人是感性之人，而那女子无疑是理性的，当初她也许并没有如他般爱得那么深，只是需要一个依靠，新的选择，只是为了另一个新的依靠。而在感情的世界里，受伤的最终都是最认真的那个人，繁华过后，人去屋空，空留他在原地，独自伤悲。

"那夜的雨／也没能留住你／山谷的风／它陪着我哭泣／你的驼铃声仿佛还在我耳边响起／告诉我／你曾来过这里／我酿的酒／喝不醉我自己／你唱的歌／却让我一醉不起／我愿意陪你翻过雪山穿越戈壁／可你不辞而别还断绝了所有的消息／心上人／我在可可托海等你／他们说你嫁到了伊犁……"歌词句句戳心，不知唱碎了多少人的心。

鲁迅先生说："所谓悲剧，就是把所有美好的东西撕碎在人眼前，毁灭给人看。"我不知道这个故事之所以吸引人，是不是因为悲剧的力量，或者是因为艺术赐予我们的残缺之美？

我以为，歌曲被我们喜欢的原因除了扣人心弦的歌词、歌唱者的深情演绎和故事本身外，还有一个更重要的原因，那就是现代人的生活中太缺少像可可托海牧羊人的那种专一、执著和纯粹的爱情了。在爱情变得越来越功利，人们变得越来越现实的今天，专就那份无望的等待，又有几人能做到？

笔至此，突然想起一句话：没有人会永远站在原地等你！

如果有，那也该也是古人的故事吧！而古时流传下来的故事大多都是闺中女子的等待。当听到"毡房外／又有驼铃声响起／我知道那一定不是你"时，心，竟被揪得生痛，又一个凄美的悲情故事。那一刻，我想起了诗人郑愁予的《错误》："我达达的马蹄声是美丽的错误／我不是归人／是个过客。"这首诗几乎和歌词有异曲同工之妙，一样的痴心，不同的等待，却也在历史的烟云里，凄美到极致。而这种凄美，也是诗人或词作者经过艺术加工后展现给世人的美！而对故事中的当事人来说，他们都是尘世风雨中的泣血而行者，这恰如刻在石碑上的铭文，铭文虽然美丽，碑石却披露着风雨，有那么多的万不得已。

在这里，我突然做出了这样的一个想象：如果牧羊人不是生活在可可托海那个大草原上，结局又会怎样？每天住在毡房里，当盛夏气温回升、鲜花遍地时固然美好，但当风雪交加、孤苦难耐时的艰难又有几人知？能得到一个女子的心又该是何等不易？因为不易，所以珍惜。如果牧羊人把他那些羊群都卖掉，存折上也该是一笔不小的数字吧！然后他来到繁华的都市，投资做个生意，当了老板，且生意经营得风生水起，身价一天比一天高，他恋过的那个女子，还会不辞而别吗？那个不辞而别的又该是谁？这个世界谁把谁真的当真，谁又会为谁真的心痛？都是阶段性的，此一时彼一时的事情。

君不见，《诗经》中那些美妙的爱情不是都在草原上吗？《关雎》的思慕，《蒹葭》的迂回……多么美！那里水草丰茂，蓝天碧水，一切都纯洁得未经世俗一丁点沾染，爱情之花足可以恣意绽放，朴素得让人心安。

忽然想起几天前，当我把这首歌曲分享到朋友圈时，一个网友的评论："爱情就像风一样，也许真正的爱情修不成正果，就像钱锺书先生说的那样，要么止于终成眷属的厌倦，要么伤于成不了眷属的悲凉，爱情终究是诗人的题材，我们只是苟且地活着，偶尔抬头看看那遥不可及的爱情月亮，心中留些许柔情罢了。"读后不禁哑然失笑，毕竟大多数人真实的生活是平凡而又简单的，能被诗人写进诗的，哪怕泣泪，也该是一种不平凡的经历。自古以来，真正的甚至伟大的爱情都是奢侈品，而这种伟大往往离不开艺术的加工与赞美！人间呼唤真爱。

据说这首歌是18年前就被唱起来的，今年却突然火了，我想这绝不是偶然，"物以稀为贵"，情亦如此！这恰证明了随着物质生活的提高，现代人对精神世界的追求也更向高的层次发展，真爱无敌，追求美好的事物是人类最初和最后的归宿。毋庸置疑，牧羊人的故事为我们树立了一个标本、一个典范。

愿真爱无伤，愿人间没有哭泣。愿可可托海的牧羊人的爱情故事在一首歌里永生。

牧羊人，如果可以，待到来年花开遍地时，我一定约朋友同来可可托海看你。

你咋想得这么美，你咋活得这么累……

一段时间里，有一首歌唱得很火，网上常看到，也有朋友分享过来的。歌的名字叫《泪蛋蛋掉在酒杯里》。

酒瓶瓶高来酒杯杯低

这辈子咋就爱上个你

一次次的短信你不回

泪蛋蛋掉在酒杯杯里

……

噢我的亲亲呀

亲个蛋蛋小亲亲呀

我咋想得这么美

我咋活得这么累。

很明显，歌词写的是一个留守女子被自己爱人抛弃后的一种孤苦可怜的哀叹、念而不见的酸楚、相思难耐的伤感，因为"爱而不得"，因为意中人成了负心男，那女子只有借酒浇思念，而怎知思念更浓，才有这"泪蛋蛋掉在酒杯里"的肝肠寸断。歌声凄婉、缠绵，唱得人痛彻心扉，把人的心都要撕烂了。听的人也禁不住陪着落泪、伤心，唉！真是为"情"喜来为情忧，这世间怎一个"情"字了得！

我虽然天生五音不全，却喜欢听歌、读歌词，其实最打动我心的还是这首歌的最后两句"我咋想得这么美，我咋活得这么累"。

不禁自问：你咋想得这么美，你咋活得这么累？

我们在讥讽那些想法不切实际的人时总会说："做梦娶媳妇呢——想得美！"这里面有两层意思：首先是"做梦娶媳妇"，肯定了这个想法是不现实的，注定着是梦一场；其次是"想得美"，多么可笑。这天下事莫非是你想怎样就怎样？

歌中的这个女子想着要与自己的"情哥哥"朝朝暮暮：炊烟起了，一起做饭；炊烟熄了，双双下地劳作；日落西山，鸳鸯罗帐暖。也许在最初的最初，双方也都有过这样的相伴一生的约定，可走着走着，就散了。爱河涨潮时，一切都是那么的美好，大朵大朵的浪花扑过来，大片大片的海誓山盟、甜言蜜语一嘟噜一嘟噜地涌过来，所有的美好都可以自由地畅想，你永远是我心中想要的模样，好比"面对面坐着还想你"（陕北民歌），你就是我眼中读不厌的风景，一切的一切都充满诗情画意。可潮退后，一方就成了被抛在沙滩上的鱼，眼巴巴地望穿秋水。一朝梦醒，才突然发现自己"想得太美"。才发现，在感情的世界里，受伤的总是最认真的那一个，谁最认真，谁先毁灭，谁对当初的承诺负责，谁就活得累。惟此刻，情到深处人孤独，一颗心无处搁，浑身都是思念的伤，惟借酒麻醉，质问自己：咋就想得这么美，咋就活得这么累？

这首歌，也真是和许多陕北民歌一样，把人的心唱痛了、唱碎了、唱瘦了，但还是唱的人越唱越喜欢，听的人越听越缠绵。君不见抖音上、舞台上有许多人都在唱，哪怕唱得南腔北调，也是难以割舍，大有一种剪不断理还乱的感觉，这大概就是艺术的魅力吧！

一首歌，能打动许多人的心，其实就是一种情感上的共鸣，或者是一种人类"真善美"的回归，许多人在唱别人的故事，其实也是在唱自己的心。躲在歌词或华美或凄美或惊艳的霓裳下也是在拷问自己：咋就想得这么美，咋就活得这么累？

是呀！你咋想得这么美，你咋活得这么累？

俗话说，"家家都有一本难念的经"。人生在世，不如意之事十有八九，岂只如歌中般只是人间情事？生活的不易、事业的挫败、亲人的离去、朋友的不辞而别、生活中许多不为人知的鸡毛蒜皮等，却找不到一个可以诉说的对象、一座纵容自己哭泣的坟、一个释放情绪的出口，而躲在别人的故事里流流自己的泪也是不错的。都说要活得简单、轻松、随意，可要做到又谈何容易？

不容易，根源在于我们放不下。首先肯定，放下也还真的不容易，正如歌中所唱"斩了千次的情丝却断不了,百转千折它将我围绕……"（李宗盛《鬼迷心窍》），可我们还得相信时间冲淡一切的魔力，最终一切都会放下的。曾经听到过一个故事：一个苦者对和尚说"我放不下一些人，一些事"。和尚说"没有什么是放不下的"。苦者说"可我就偏偏放不下"。和尚让他拿一个茶杯，然后不停往里面倒热水，直到水溢出来，苦者被烫，马上松开。和尚说"这世界没有什么事是放不下的，痛了自然会放下"。这个故事虽然鸡汤味扑鼻，却也不失为一个值得我们反复咀嚼的人生哲理。许多事，我们都无法强求，只有"放下"，"放下"是医伤的药，是一种新生活的开始，是生命通向简单、快乐、宁静的一条幸福通道。千帆过尽后，你会发现，一切都在笑谈中。

鲁迅说："做了人类想成仙，生在地上想上天。"梁实秋说："人老就罢了，何苦成精？"说到底，许多时候我们想得太美，活得太累还是因为想要的太多，甚至有些不切实际。君不见，阿Q精神安慰了一代又一代人。实践证明，挺管用。让我们不得不对先生崇拜得五体投地，早在百年前，他老人家算是把世事看得透透的。

所以，你无须想得太美，你可以活得不累。

精神的高度

——观省第九届艺术节节目秦腔《路遥的世界》有感

由陕西省戏曲研究院青年团演出的第九届陕西省艺术节参评剧目《路遥的世界》（秦腔），讲述了我国当代著名作家、最美奋进者路遥不向命运低头，坚持为人民创作、为时代立传的故事。整个演出过程，场内时时爆发出热烈的掌声，我认为这"掌声"是观众除了对演员精湛演艺的肯定外，更重要的是剧中塑造的人物形象——路遥，这一伟大人物所给予我们的"精神的高度"。这"高度"主要体现在路遥这一人物形象的伟大的人格、为理想而奋斗的献身精神，以及这种精神在我们心中长期树立起来的"生命的丰碑"。

金子般的"人格力量"。主人公王卫国仕途、爱情双重受挫，却在失意与绝望中涅槃，改名路遥。路遥的人格力量首先表现在他在成功面前表现出的低调、务实的人生态度，他没有像一般作家那样，获了大奖就开始有些漂浮，忙着拿奖、搞讲座、应对媒体扩大宣传，在这种"轰轰烈烈"的热闹中飘飘然而忘记了所以然。当时，路遥的《人生》出版后，已经在社会上引起了很大的轰动，尤其是当《人生》被搬上舞台后，在他老家人的心中几乎已经要把他奉上神坛了，可路遥自己呢？本该人前春风得意时，他却选择了隐身于灯火阑珊处。他怕见人，尽量躲避一切来访的人，以便腾出更多的时间经营自己新的事业。《人生》获得成功后，他又开始了"向陕北历史作交代"的文学远征，投身于《平凡的世界》创作之中，寻求新的突破。这就是他能够"做大事"、"干大事"、干成事的人格力量所在。其次，彰显他人格力量的另一个特点还是他的善良与正直。路遥出名后，他父亲带着老家的亲戚们一起来求他"办事"，比如要求他帮忙解决"商品粮"的事情，"在城里安排工作的事情"……我想，以路遥当时的影响及其所受到的社会尊重，应该是可以为乡亲们"办些事的"，可路遥却拒绝了，不是他忘记了家乡的恩情，而是一种原则的坚守，毕竟他这一生只属于文学，至于其他事情，他也是做不来的。当然，这也是他的坚守、他的人格魅力所在。

为理想而奋斗的献身精神。路遥的勤奋是我们一般作家所不能及的，他的创作环境一直很艰苦，即便是成名后，也不像他的家乡人传说的那样，出门有车坐，地下铺着红地毯，十分招摇。恰恰相反，一间斗室，一杯咖啡，一包烟，甚至嚼着咸菜馒头搞创作，酷暑严寒他都经历过，什么样的苦他都吃过，而比这更可怕的是疾病，到《平凡的世界》创作晚期，他的手指几乎已经不听指挥了，双手只有在开水中浸泡后才能得到伸展，虽然这样，他还是艰难地完成了这场"文学的远征"，坚持完成了《平凡的世界》。剧中，有几个很出彩的部分，一是路遥去煤矿体验生活，在灯光、场景及人物的展现中我以为已经达到了"震撼"的程度，在这里我们看到的不仅是作家路遥，而是一个勇敢的探险家，他的确是一个为"神圣的文学"而什么事都愿意去做的人。还有几个场景反复地出现路遥在创作的过程中，在他的斗室里与笔下人物交流的情景，《人生》中的主人公高加林问他："路遥，你为什么要把我的人生写成这样？"《平凡的世界》中，孙少平几乎也问过同样的话题。演出最精彩的是展现田晓霞"出事"那一段，晓霞在水中苦苦挣扎，仿佛就在他的眼前，他眼前就是那洪水猛兽，就是在生命的最后一刻呼唤着心上人"孙少平"的"晓霞"，这时候，案头的他也急急放下手中的笔，向"水中"扑了过去，喊着"晓霞，晓霞……"一样的悲痛欲绝。这就是一个真正的作家，与剧中的人物同呼吸、共命运，同哭、同笑，仿佛自己已是剧中的一员，这也是一种"献身"，身心俱"融"，合为一体。剧中还有路遥为了写出与时代血脉相连的《平凡的世界》，许多年坚持搜集《人民日报》《陕西日报》《延安日报》等，"像土地那样的奉献，像牛那样的劳动……"，才有这中华民族史册上不朽的著作。有人说，他是"追日的夸父"，其实我觉得他比夸父幸运，夸父倒在了追赶太阳的路上，而路遥没有，他追到了属于自己的"太阳"，璀璨夺目,赢得生前身后名。他的英年早逝,巨星陨落,无疑是一个民族的不幸。而他又是真的陨落了吗?时隔多年,我们依然看见,在人类历史的长空,"巨星"路遥,依然熠熠生辉。

生命的丰碑。《路遥的世界》和他的《平凡的世界》一样,无疑为我们树立了一座"生命的丰碑",无论在什么时候、无论在怎样艰苦的生存状态下永不倒下的人生丰碑,这是一种绝美的人生状态,矗立在我们眼前的最美丽的风景,不管昨天、今天还是明天,永远值得我们去仰望。《路遥的人生》传达给我们的是一种信念,要始终相信,我们一生中付出最昂贵的青春,绝不会是空白,我们每个人都可以在那块生活原本赐予我们的"无字的沼泽地"里,用自己心血和汗水,勤劳与勇敢,以及敢于同命运抗争的斗志,骄傲地立起一块"有字的碑牌",以诠释生命存在的意义,只要用心追求过,此生无悔。

无疑,站在文学的角度我们重新来审视,路遥是幸运的,他不但完成了"向陕北历史作交代"的文学远征,更是一场全球的远征,不仅是中国人心中的一座丰碑,更是全世界的人们所仰望的"精神"的高度。在他的精神感召下,不知曾有过多少"追日的夸父",但未必会换得应有的声名。我们不得不承认文学最繁盛的时期已经过去了,千年前,你可以凭着一篇锦绣文章而"一举成名天下知""春风得意马蹄疾,一朝看尽长安花",多年前,你在当地报刊上发表一篇"豆腐块",就有可能改变个人的命运,但在今天,无论你发表多少文章,你的文章上过多大的刊物,都已经很难改变个人的命运了。即便是这样,我们还是愿意把其理解为文学的另一种繁盛,毕竟随着社会的发展,国人的整体文化素质都在提高,优秀的作品其实并没有减少,而是在增加,增加到读者在紧张的生活节奏中都没有时间静下来全部阅读的地步,增加到编辑老师们都没有足够的时间和精力处理邮箱中海量来稿的程度。只要"路遥"这个"丰碑"尚在,因为热爱,无数的"缪斯"追求者依然会继往开来,创造一个属于文学的更加枝繁叶茂的未来,大而言之是为了依然神圣的文学,小而言之更是为了自我心灵的救赎。

"像牛一样的劳动,像土地一样奉献。"总之,看到"路遥"被搬上舞台,让更多的人"走进他的世界",我们感到了无比的欣慰。那些曾经努力在这片土地上奋斗过的人,像"牛"一样为了一方土地的硕果累累而拼命耕耘过的人,都是值得我们敬仰的人。历史不会忘记,人类更不该忘记,这个"精神的高度"值得我们每个人用心细细丈量。

一代人的《芳华》：谁的青春无遗憾？

一代人的《芳华》，人性之弱、之丑触目可见。

刘峰是一个现实版的"活雷锋"，在文工团这个集体里，别人都不愿干的脏活、累活，都被他干了，默默无闻，甚至大家都认为，那些活本身就该是他干的。

他放弃了改变个人命运的机会，却把它让给了另外一个在他认为更需要的人，以至于依然把自己的未来安放在社会的最底层，忍受着接踵而来的命运的风暴。

他被评为单位的标兵、活雷锋，是楷模、是典范，只是，在许多人的眼里，那只是他的一个代号而已，并没有第二个人会去学他。或者大家都认为他本来就该这样，他的所谓的光环也并不曾照进许多人的心里，或者在别人的内心掀起激励的波澜，更不曾照亮他的锦绣前程，谁叫他就是刘峰，独一无二。

只是，那些光环却也如梦幻的肥皂泡般不堪一击，一触即破。"引点"却是因为难以抑制的少年的爱情所引发的情不自禁，刘峰对林丁丁的"冲动一抱"，让这个"美丽的光环"瞬息破灭，在那样的年代里，没有人会认为这是年轻人对爱的表白时的真情流露，恰是流氓的行径。这种行为放在别人身上也许可以理解，但在他刘峰身上就不行，正如林丁丁在宿舍里说："谁抱都行，反正'活雷锋'就是不行。"

数年的"修行"，好品行、好人品、好同志，仅只在这"一抱"中而灰飞烟灭了，也因此，他被迫离开了文工团。

在那一刻，我为刘峰而痛。他的善良、冲动恰好把他推向一个命运的死胡同。一个人善良习惯了，别人是不允许他有"瑕疵"的。他的一切行为似乎都已经被固定在"道德"的标尺下，没有了自己，包括情感。

但这一切，并不曾让刘峰丧失对生活的热爱，在后来的战场上，他依然冲锋在前，用生命护卫着一方平安，以至于失去了自己的右臂。

许多年后，独臂刘峰在他后来漫长的谋生过程中，因为三轮车被扣押，因交不起一千元的罚款而与对方僵持在一起时，那一刻，我落泪了，可怜的人。众之熙熙皆为利来，谁还会想起他这个当年驰骋战场的英雄呢？为什么这个世界，总是让英雄落泪？

影片中，几乎和刘峰一样可怜的还有何小萍。

这个从小缺少爱的姑娘，唯一的一次被妈妈拥抱还是故意把自己弄病才乞求来的。她出身卑微，敏感、自卑，却依然对美好生活充满了无限的向往。她以为来到文工团这个大集体就可以过上另一种日子了，受人尊重，不被歧视，却没发现这里也是一个江湖，她在这里同样不被待见，忍受着室友的欺凌，而在这个集体中，唯一给她温暖的就是刘峰，他不嫌自己身上的汗臭味，他懂得自己的自卑与自负，还有对命运的抗争。她是一个极度缺少温暖与爱的女子，她飞蛾扑火般地投入了刘峰带给她的温暖和火焰，虽然，自卑和羞涩并没有让她在那样的一个年华正好时急于向他表白。

而她爱的人刘峰，却在深深地恋着别人，也因为在对林丁丁的表白中，因为"拥抱"事件而受到处罚，那一刻她伤心的并不是刘峰表白的那个人不是自己，而是恨林丁丁不懂得珍惜，"那么好的一个刘峰，她就怎么不懂得珍惜呢？"

多么善良的一个女子，可是在影片中同样善良的刘峰珍惜她了吗？没有，完完全全，彻彻底底。

如果说何小萍一直在默默地仰视和爱着刘峰，而刘峰却在朝圣般地追随着他的"女神"林丁丁，甚至刘峰后来去了前线还魂牵梦绕的，被枪打中那一刻他很想当烈士，如果这样，他就会出现在林丁丁的飞扬歌声里，日日赞美他，该是多么的美好！

在影片即将结束的时候，有这样一个情节：

何小萍说：有一句话，含在嘴里几十年，一直没说出口。

刘峰问：现在能说吗？

她说：你能抱抱我吗？

刘峰往远处看了看，伸出了仅剩的一只左臂。

那一刻，我几乎要哭了，为可怜的何小萍。

几十年的低眉，低到尘埃里的卑微，换来的只是这独臂一抱，而且刘峰的目光一直望着远方，唯有她，依偎在他怀，有一种苦尽甘来的小女人的幸福与沉醉……

试想，如果没有当年林丁丁的拒绝，她还能等到这一刻吗？

人啊！人啊！总是在仰望着远方的东西，却不懂得那个真正地把自己当作流年里的水墨画风景的那个人。

林丁丁没有，刘峰也没有。何小萍恨林丁丁不懂得珍惜刘峰，可在爱情里，最值得珍惜的才是她，她才是最爱刘峰也最懂他的那个人。

说这些又有什么用呢？人性之弱、之丑，之复杂，又岂能用好与坏，对与错来区分？

笔至此，我想起了席慕蓉的《无怨的青春》：

在年轻的时候，如果你爱上了一个人，

请你，

请你一定要温柔地对待他。

不管你们相爱的时间有多长或多短，

若你们能始终温柔地相待，

那么，

所有的时刻都将是一种无瑕的美丽。

若不得不分离，也要好好地说声再见，

也要在心里存着感谢，

感谢他给了你一份记忆。

长大了以后，你才会知道，

在蓦然回首的刹那，

没有怨恨的青春才会了无遗憾，

如山冈上那轮静静的满月。

只是，可惜，这只是一个美好的愿望！

如果青春可以重来，刘峰是否可以选择不再当"活雷锋"？林丁丁是否可以懂得珍惜？（至少不会去伤害他）何小萍是否愿意不再是如此卑微地成长？长大后的每一个人都会站在时光的对岸，做自己当年的看客，以一个旁观者清的角度，重新思考自己的人生。

试问，谁的青春无遗憾？刘峰有，林丁丁有，何小萍有，那些文工团的出场的和没有出场的女兵们一定有，而我们呢，又何尝不是？

活着的况味

——有感于余华的小说《活着》

一个故事，当你听过多次后，就突然会对它产生一种莫名的亲切感，故事中的人物仿佛就站在你的身边，是你的亲人，你的父母、兄弟姐妹，或者父老乡亲，你为他们的快乐而快乐着，为他们的痛而痛着。余华的小说《活着》就是以这样的方式走进我的生活。我曾蜗居在斗室里读过那些浸润着爱、疼痛、血与泪的文字，也曾在上班的途中、做家务的空间听过小说的音频，并且早在多年前就已经看过由小说《活着》改编的电视剧《福贵》，小说中的故事情节早已是刻骨铭心，书中的人物仿佛就住在离我不远的一个村庄，总让我一次次地眷顾，往返其中。

作者在整个故事中担当的是一个听故事的人，通过在村口和一个叫福贵的农民的聊天中，带我们走进一个远去的时代、一个普通农民的生活。这样的写作手法，让人感到真实而不做作。而农民福贵又不是一般的农民，可以说他是一个破落的贵族，年轻时是一位少爷，家里有百亩田地，整天逛妓院、赌博，有过一段神仙般的日子，从来不懂"活着"的艰难。直到后来，他把家底全部败光，只能住在茅草庵，靠着从地主龙二那里租来的几亩地（其实原来都是他家的田地，赌博输给龙二了）艰难度日，苦难的生活就此拉开，多舛的命运和跌宕起伏的人生在行走的脚印里已是伤痕累累。

活着，从来就是一件不容易的事情，何况是突然间从人间天堂跌入地狱地活着。

小说题目为《活着》，其实围绕在主人公福贵身边的亲人却没有一个能够平平安安地活下去，一个个没活到颐养天年的年龄就离开了人间、离开了他。家道败落后，先是老父亲受不了这沉重的打击，凄然离去。老父亲走了，他

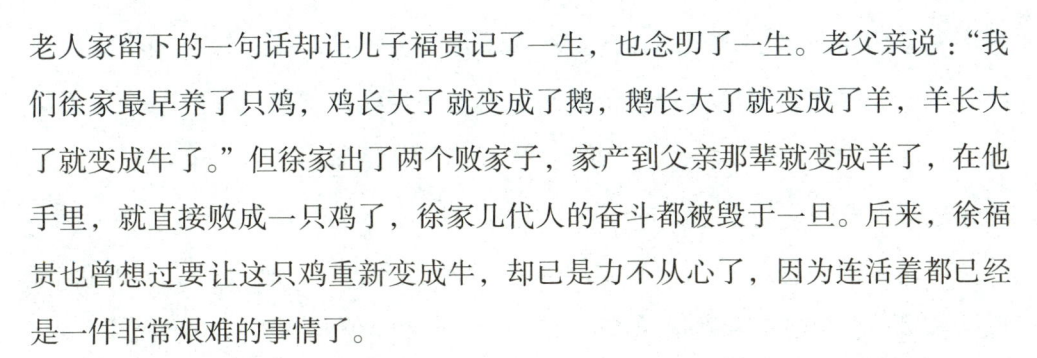

老人家留下的一句话却让儿子福贵记了一生，也念叨了一生。老父亲说："我们徐家最早养了只鸡，鸡长大了就变成了鹅，鹅长大了就变成了羊，羊长大了就变成牛了。"但徐家出了两个败家子，家产到父亲那辈就变成羊了，在他手里，就直接败成一只鸡了，徐家几代人的奋斗都被毁于一旦。后来，徐福贵也曾想过要让这只鸡重新变成牛，却已是力不从心了，因为连活着都已经是一件非常艰难的事情了。

父母亲去世后，接着去世的却是福贵上小学五年级的儿子徐有庆。小说中，县长夫人生孩子大出血，情急之下却把学校的学生集合起来验血，要求找出合适的血源献血，有庆有幸被"选中"，多么可爱的孩子，献血时还有一种勇士的骄傲与豪壮，可无能且不负责任的医生只顾为县长夫人输血，却活活地把一个孩子的血抽干了，孩子死了。故事讲到这里，让人有一种莫名的悲愤与不平，本来杀人该是偿命的，至少也该有物质上的补偿，可在那样的年代，老百姓的命真的是贱如草芥，他只有背着儿子的尸体，一路跟跟跄跄、悲痛欲绝地往回走，把孩子埋在了村庄的西头，却不知道回去该怎样跟孩子生病的娘说。这世间，还有比这更让人撕心裂肺的事情吗？

幸好，儿子死了，还有病床上相濡以沫的妻子相伴，还有因小时候生病导致聋哑的女儿凤霞相伴，有她们带给自己的浓浓亲情相伴，倒也还算岁月静好。尤其是女儿凤霞，虽然因小时候生病没及时治疗而导致聋哑，但很聪明能干，而且生得和她娘年轻时一样的漂亮。凤霞命好，找了个疼她的城里的老公，好日子刚刚开始，谁知道却在生孩子的时候因为难产去世。三个月后，久病在床的福贵的妻子、凤霞的娘家珍也离开了他们。

女婿二喜一边在城里干苦力，一边带着儿子苦根艰难度日，可孩子三岁那年，二喜也在一次意外事故中去世了，从此就只有福贵带着小外孙苦根回到乡下，爷孙俩相依为命，熬着日子。

虽然所有的人都一个个地离开了他，可只要外孙苦根在，这日子就有盼头，他们徐家就有可能由一只鸡再次变成一头牛，福贵一天天地给小外孙讲着老父亲留给自己的这句话，甚至给孩子承诺要攒钱买牛，让苦根将来骑在牛背上玩。然而苦根的这种憧憬还来不及变为现实时，就死了。孩子那天早上感到头晕，福贵煮了半锅豆子让他吃，没想到从地里回来时，孩子已经死了，是被豆子撑死的。

至此，活着的就只剩下福贵一人了。为了活下去，他又买了一头老牛，取名富贵。富贵是福贵在屠宰场买来的一头老年，他看到了它不想离开人间，被屠宰前流泪的眼，决定把这头老牛买回来，这正是主人公福贵的善良所在。他老了，牛也老了，他们一起慢慢地耕地，一起活着……

故事中处处弥漫着多难生活的苦味,却也有着亲情的弥香。福贵这一家人，生活是那样的清苦，可家庭成员之间相互的关心、疼爱，让我们在感受痛苦的同时也感受到了温暖的人生况味。在苦难面前，唯有爱才能拯救人类。福贵在一生中经历了那么多的苦难，在家人一个一个离他而去之后，依然还能那么乐观地活着，支撑着他的无外乎爱的神力。故事中，他在向"作者"讲述自己的故事时，始终微笑着，那些苦难在他的笑声中似乎也已经散放成田野里那些朴素而亲切的泥土香了。

不是吗？在那片古老的黄土地上，在中国农民一天天、一辈辈攀着时代的城墙艰难跋涉的旅途中，有多少如福贵般艰难的生存者，在漫漫人生之旅中，以微笑的姿态，以善良的步伐，以历尽苦难后的坦然，顽强地行走着，常常让我们爱到心疼。

一个作家的灵感，许多时候只是仅仅来自于生活中的某一个"点"，而星星之火一旦点燃，必将激发席卷山林的熊熊烈焰。作者余华创作《活着》的"动机"，仅仅只是因为他听到了一首美国民歌《老黑奴》，歌中那位老黑奴一生饱经苦难，家人都先他而去，而他依然友好地对待这个世界，没有一句抱怨的话。余华说："这首歌深深地打动了我，我决定写下这样的小说，就是这篇《活着》，写人对苦难的承受能力，对世界乐观的态度。写作过程让我明白，人是为活着本身而活着的，而不是为活着之外的任何事物活着。"

是呀！多少年来，几乎我们每个人都曾经想过"活着"的话题，我们在红尘里行走，总是披一身俗尘，却又是那么渴望着能如莲花般圣洁地存在，我们苦过、累过，也笑过。我们总是一次次地问自己"人为什么活着"，但愿《活着》能给我们一个明确的答案，但愿我们每个人都能以自己的方式，不悔此生地"活着"，毕竟"活着的况味"只有自己才能品咂得出。

完成在堕落形势下的崇高爱情
——有感于马尔克斯《霍乱时期的爱情》

读马尔克斯《霍乱时期的爱情》，随着文字之手的牵引，你的心会步入一种奇妙的境地：一半是火焰，一半是海水；一半是崇高，一半是堕落。而火焰之于海水，崇高之于堕落，似乎也并没有不可逾越的界限，最终，主人公还是在一种堕落的形式下完成了一场倾世之恋。至此，爱情成了那面在春风中猎猎作响的旗帜，向世人宣告：原来是生命，而非死亡，才是没有止境的。

小说并不是一开始就将故事引入高潮，或者用某个奇妙的玄机故意来抓住读者的"眼球"，而是用了大量的笔墨写一对老夫妻——医生乌尔比诺和妻子达萨之间的平淡生活，直到在读了近50页后，故事情节开始显山露水。81岁的医生乌尔比诺早上起来，搭起梯子，去捉芒果树上的一只鹦鹉，结果摔下来死了，而他的死才是小说大幕的真正拉开，那个潜藏在他的妻子达萨与另一个叫阿里萨的男人之间半个多世纪的爱情至此浮出水面。

在死者的葬礼上，达萨18岁时候的初恋情人阿里萨适时出现，在她成为寡妇的第一个晚上，她听到了他的近乎神圣的不可侵犯的表白："他颤抖而庄重地将帽子放到胸口的位置，让许久以来支撑着他活下来的相思之苦一股脑儿喷发出来。'费尔明娜，'他对她说，'这个机会我已经等了半个多世纪，就是为了能再一次向您重申我对您永恒的忠诚和不渝的爱情。'"这是距离他们分手五十一年九个月零四天之后的一个晚上，他（阿里萨）才再一次向她（达萨）重申自己对她"永恒的忠诚和不渝的爱情"。世间最痴男儿心，作为读者，谁能不为这样伟大而神圣的爱情而慨叹？更为当初达萨舍弃了这样一个痴心人而惋惜，这该是爱情的不可摧毁的伟大与神圣之处吧！

如果仅仅只是如此，小说也自是显得十分单薄，人心和人性至此所显示出来的只是一种超然而绝美的境地。然而随着大幕的徐徐拉开，这裸露的半个多世纪的爱情让我们看到了人性的另一面———主人公阿里萨，他长达半个世纪的思念、煎熬、渴望、幻想、折磨、坚守，以及无可搁置的痛苦，这五十一年九个月零四天漫长等待的苦难之旅，他却是以堕落的形式去完成，否则难以抵达，也许中途就会死掉。

当初，年仅二十二岁的电报员阿里萨对十八岁的美丽女孩达萨一见钟情，穷追不舍，两人终于坠入爱河，书信不断。当达萨已经爱上了阿里萨的时候，一次意外的邂逅，让她似乎是在瞬间恍然大悟，他只是占据在自己心间的一个幻影："今天，见到您时，我发现我们之间不过是一场幻觉。"她断然和阿里萨分了手。这样的分手对他的打击何其之大！因为在这场没有结果的初恋里他几乎已经把自己燃烧殆尽。分手后的日子里，他用替别人写信的方式，宣泄着自己对达萨的爱情，以至于促成了许多姻缘，以至于许多夫妻后来才发现，当初为彼此写的情书竟然出自一人之手。

在最起初，阿里萨对达萨保持着肉体的忠贞，抵御着各类女人的诱惑。"他还是童男，并且决心除非因为爱情，否则决不失童贞。"他用对达萨的爱滋养着自己的心灵和肉体。可最终，他的崇高还是以堕落的形式来完成，来完成对这份相思之苦，对自己以及爱情的拯救，他和许多女人疯狂地恋爱，放肆地做爱，以解脱他和达萨之爱带来的痛苦。他在无爱的性爱中作践自己，试图在床上短暂的欢娱中忘掉达萨。五十多年后，他用二十五个本子记录了和六百二十二个女人恋爱的过程，还不包括无数次短暂的艳遇。然正如小说中所说，"灵魂之爱在腰部以上，肉体之爱在腰部以下"。灵与肉永远不能相互取代。在无可救药的堕落后面，他的内心一样空虚，或者说支撑着他活下来的，依然是像圣女一样在他心底的某个角落里亭亭玉立的当年那个只有十八岁的女子达萨。当然，他知道她老了。几十年来，他也常常利用各种机会出没于有她存在的重要场所，远远地张望，依然是一颗渴慕之心。这么多年来，他也一直坚信自己会等到她的丈夫去世的那一天，这是上帝给他的悲悯和机会，他要抓住它，继续追求在他心中那个最圣洁的地方驻扎了一生的女人，让他

长达半个多世纪的对一个女人的梦想达成现实。

乌尔比诺医生去世后，他以比当年更疯狂也更理智的方式，重新展开了对达萨的追求，"他意识到，用年轻时的手段终究难以敲开被葬礼封死的大门"。他相信，"她那寂寞寡妇的焦虑与痛苦没有其他出路，唯有向他放下吊桥"。他们再次相爱了。面对偏执的女儿的反对，她对一直以来与她保持着某种庸俗默契的儿媳道出了自己的心里话："一个世纪前，人们毁掉了我和这个可怜男人的生活，因为我们太年轻。现在，他们又想在我们身上故伎重演，因为我们太老了。"这时候，他们的爱比年轻人的爱更醇厚，更有味，两个七十多岁的老人，有生以来，他们第一次做了爱，两个人勇敢无畏的爱使他们顿悟："原来是生命，而非死亡才是没有止境的。"

据说，马尔克斯在写这部小说的时候也已到了自己的晚境，作品自始至终溢满了对爱情密码的解读，同时，淡淡的忧郁和伤感也布控于每个章节，无法挽留的年轻和生命清晰可辨，可对人生、人性、爱及欲的描写却更加的入木三分，没有一般年轻作家爱情小说里的那些激情澎湃，而是多了对生命深邃的思索与思考，对"任何时期的爱情都合情合理"的安妥，这种感觉就如小说中主人公阿里萨在七十四岁那年给七十二岁的达萨再次写的那些求爱信一般，不再像年轻时一般向对方表达自己的渴慕、思念与追求，而是对人生、爱情、老年和死亡的思考，"这些想法曾无数次像夜间的鸟儿一般扑扇着翅膀掠过她的头顶"。也正是这些冷峻、深邃的思想的精华让达萨对他重新思考，最终愿意和他一起共同开启晚年生活的幸福之舟。

小说除了深邃的思想外，更吸引我的还是它精妙的语言，信手拈来、随处可见，花朵般散落在字里行间，让文字深邃思想的枝丫与绿叶更多了一层不仅仅是点缀式的风韵与美丽。尤其是对阿里萨在那段荒唐堕落岁月里的描写，笔法冷峻而不失完美，仿佛是一位圣人在向我们讲述别人的故事，没有那么多刻意的渲染，没有色情的描写，硬是把一件在世人眼中"庸俗堕落"的事情用高尚的笔调带过了，这也是只有马尔克斯才有的语言的魅力。你所读到的那些痛苦、煎熬、无奈、茫然，纵欲的宣泄，求而不得的焦渴，在他的文字里，如一块柔软的绸缎从读者心坎上滑过，冷之美、华之美、艳之美、俗之美，那些冷漠甚至残酷的现实经他语言之手的抚摸，哪怕直刺痛点，也有种淡淡的人生况味的芬芳，那是作家马尔克斯的语言之手，独一无二。

小说中"霍乱时期"，其实不是确指的某一个时期，也不是对疫病的表述，而是一种象征，"霍乱"是肉体上的，更指代精神上的，似乎作者也承认这是一场病态的恋情，但建立在这种"霍乱"之上的爱情，谁又能否认它的崇高呢？虽然在这个走向崇高的过程中，总有一段艰难之旅，需要堕落来完成，完成这样的一场"霍乱之爱"、旷世之恋，同时也在烟火红尘里百年难遇的伟大爱情。

作家的劳动与收获

作家的劳动该和农民在黄土地上的劳动是相同的，俯身耕耘，勤勤恳恳，甚至"衣带渐宽终不悔"。众里寻他千百度，蓦然回首，原来他在灯火阑珊处"辛勤地劳动"。

这样的"劳动"究竟是为了什么？我想，与农民在黄土地上劳作的动机又是不同的，农民大凡是为了"过日子"，食可果腹，不再遭受饿肚子的苦，为了把日子过好，家有余粮，必要时这些粮食还可以换几个银子花。换句话说，耕耘是农民的立身之本，是一份安身立命的职业。而作家似乎又是不同的，如果说农民的选择多少有些为了"糊口"的无奈，而作家的选择则是自主的，甚至被认为是崇高的。作家的劳动大多是因为热爱，"热爱"真的是一个奇妙的东西，他可以让一个人义无反顾、一往无前，甚至是一种近乎疯狂的执着，满腔热血，视其为自己毕生的追求。

可以想象，那究竟是一种怎样的"劳动"场景呢？

早年读了作家路遥的《早晨从中午开始》，就已经明白，作家的劳动的确是相当辛苦的，是体力和脑力的双重消耗。这个过程，我的一个文友形容得更具体，他说，坐下来写作的那一刻，热血飞溅，思维之澎湃像决堤的河流，文字则像盛开在河床的浪花，一嘟噜一嘟噜往出涌……在文字营造的另一个世界里"忘记了我是谁"；同时，感觉自己就是一支一心想把自己烧干的蜡烛，干了，心也就平静了，方才觉得像个世俗中的正常人了。很形象，也很悲凉。路遥离开我们多年了，但薪火相传，那些真正热爱文学的后来者，应该也是付出了相同的代价吧！一位老师告诉我们："好的作品都是作家付出了艰辛的劳动，在痛苦中诞生的。"这句话让我想起了女人的生产，哪一个孩子的诞生不曾伴随着母亲的巨痛？如果说文学是一个馨香的婴儿，我们的作家就是那个"伟大的母亲"，值得尊敬！

那么，就像农人到了季节需要收获一样，作家的"收成"如何呢？

这就要看作家在不同层次的收获了。首先，从经济利益来说，大家几乎都知道"文不养人"，即使"养"，也是极少数的顶尖人。站在文学圣殿之巅的人数极为有限，现实很残酷，几乎是不给作家一个"视金钱如粪土"的实践机会，反倒是金钱被迷住了双眼，挡了道，让作家哭笑不得，也很无奈。

没有经济收入，不等于作家没有收获，文学不值钱，但它是无价之宝。我觉得靠"作家的劳动"收获得盆满钵满的当属鲁迅。虽然早有唐代李贺的"男儿何不带吴钩，收取关山五十州"，但真正做到"弃笔投戎"的文人又有几人？鲁迅就不同了，他说"文艺是国民精神所发的光，同时也是引导国民精神前途的灯火"。他把自己的文字当作刺向敌人的"利剑"、射出去的子弹，当作拯救国人灵魂的"手术刀"、引导国人国民精神的"灯火"……要知道一个积极的、健康的、向着光明的灵魂，是最能经得住考验的，足可以捍卫自己的民族，是不会轻易被战胜的。他身处斗室，把自己的文字投进当时历史背景下的革命战争，在那个硝烟弥漫的战场取得了决定性的胜利，赢得生前身后名。我不知道当时迷恋鲁迅的女粉丝有多少，但在他去世后的几十年中依然无数，男粉丝就更不用说了。多少年了，他就是一座精神的丰碑，永远矗立，让我们敬仰。试问，有如此庞大的收获者能有几人？

当然，作为我们大多数普通写作者来说，文学的收获就显得相对微薄些了。有人说"百无一用是文人"，上不能像鲁迅先生那样兼济天下，下又不甘独善其身。文人的"百无一用"，谁之过？就连获诺奖的莫言也说，"文学的最大用处就是它没有用处"。这句话似乎和苏格拉底的"我唯一知道的就是我一无所知"如出一辙，值得我们深深咀嚼，品咂其味。至于普通写作者，如果在这个"劳动的过程"中还能体会到快乐，我认为也就够了，人生着实不易，如果你还有时间去干自己喜欢的事情，如果你喜欢的事还可以给你带来极致之乐，已经够了，足够了。

作家的劳动与收获，许多时候，我们享受的只是过程之美，不问耕耘与收获，也许才是最大的收获。